**QUENTE
OU FRIA**

JANET EVANOVICH

QUENTE OU FRIA

Tradução de Fernanda Silva Dias

Título original
SIZZLING SIXTEEN

Esta é uma obra de ficção. Todos os personagens, organizações, e acontecimentos retratados são produtos da imaginação da autora ou foram usados de forma fictícia.

Copyright © 2010 *by* Evanovich, Inc.
Excerto de *Wicked Appetite copyright* © 2010 *by* Evanovich, Inc.
Todos os direitos reservados.

Direitos para a língua portuguesa reservados
com exclusividade para o Brasil à
EDITORA ROCCO LTDA.
Av. Presidente Wilson, 231 – 8º andar
20030-021 – Rio de Janeiro, RJ
Tel.: (21) 3525-2000 – Fax: (21) 3525-2001
rocco@rocco.com.br
www.rocco.com.br

Printed in Brazil/Impresso no Brasil

preparação de originais
LUCIANA DIAS

CIP-Brasil. Catalogação na fonte.
Sindicato Nacional dos Editores de Livros, RJ.

E92q	Evanovich, Janet
	Quente ou fria / Janet Evanovich; tradução de Fernanda Silva Dias. – Rio de Janeiro: Rocco, 2013.
	Tradução de: Sizzling Sixteen
	ISBN 978-85-325-2854-4
	1. Ficção norte-americana. I. Dias, Fernanda Silva. II. Título.
13-00934	CDD-813
	CDU-821.111(73)-3

UM

Meu tio Pip morreu e me deixou sua garrafa da sorte. Acho que me dei bem, porque vovó Mazur herdou a dentadura. Então agora a garrafa é minha, e não sei exatamente o que fazer com ela. Eu não tenho uma lareira para enfeitar. Meu nome é Stephanie Plum e moro em um apartamento simples, na periferia de Trenton, Nova Jersey. Divido o apartamento com meu hamster, Rex, e ele também não sabe o que fazer com a garrafa. Ela tem o tamanho e o formato de uma garrafa de cerveja. O vidro é vermelho e parece soprado à mão. Não é completamente feia, principalmente se você gosta de cerveja, mas também não é exoticamente bonita. E até o momento não tem me trazido muita sorte. Deixei-a no balcão da cozinha, entre a gaiola do Rex e o pote de biscoito em forma de urso onde guardo minha arma. Era segunda-feira de manhã, meados de junho, e Lula estava na minha casa para me dar uma carona piedosa porque a porcaria do meu carro estava quebrado e eu precisava de alguém para me levar ao trabalho.

– Hum – ela disse. – Que garrafa vermelha é aquela no balcão?

– É minha garrafa da sorte.

– Ah, sim, e por que ela dá sorte? Não me parece um amuleto. Parece mais uma daquelas garrafas de cerveja feitas por um designer, só que tem essa tampa de vidro decorada.

– Herdei do tio Pip.

– Eu me lembro do tio Pip – disse Lula. – Era mais velho que uma múmia, certo? Tinha uma grande mancha preta na testa.

Foi o que ficou vagando do lado de fora do Centro para Idosos algumas semanas atrás durante uma tempestade, quando fez xixi em um fio elétrico caído e morreu eletrocutado.

– É. Esse era o tio Pip.

Sou agente de fianças, trabalho para meu primo Vinnie, e Lula é arquivista do escritório, motorista de carro de fuga e especialista em moda. Ela gosta do desafio de enfiar seu enorme corpo extra G em uma minissaia verde de lycra número 36 e um top de estampa de leopardo, e, de alguma forma, isto lhe cai bem. Sua pele é chocolate, o cabelo nessa semana está vermelho berrante e seu jeito é pura Jersey.

Sou alguns centímetros mais alta do que Lula, e, nos lugares onde o corpo dela é extremamente voluptuoso, eu visto 42. Minha ideia de moda é uma camiseta feminina justinha, jeans e tênis. O tom da minha pele não chega nem perto de chocolate, meu cabelo, naturalmente ondulado, bate na altura do ombro, é castanho e geralmente está preso em um rabo de cavalo. Tenho os olhos azuis, e ainda estou tentando definir meu estilo.

Pendurei minha bolsa no ombro e empurrei Lula para a porta.

– Precisamos ir andando. Connie me ligou dez minutos atrás e parecia agitadíssima.

– O que tem de errado com ela? – quis saber Lula. – Connie nunca fica agitada.

Connie Rosolli é a gerente do escritório de contratos de fiança. Sou metade italiana e metade húngara. Connie é totalmente de origem italiana. Ela é alguns anos mais velha do que eu, tem mais cabelo do que eu e com certeza uma manicure melhor do que a minha. Sua mesa fica estrategicamente posicionada na frente da porta do Vinnie, o que facilita para retardar agentes de apostas que tomaram calote, oficiais de justiça, prostitutas com herpes ativa e um fluxo de pervertidos com esquemas para enriquecer da noite para o dia, inventados sob a influência de sabe-se-lá-o-quê.

Em um dia sem trânsito, moro a dez minutos do escritório. Não era um desses dias, e Lula levou vinte minutos para descer a avenida Hamilton com seu Firebird vermelho. O escritório de fianças de Vinnie fica na Hamilton, um pouco depois do hospital, entre uma tinturaria a seco e um sebo. Tem uma sala logo na frente com grandes janelas de vidro, uma sala mais interna onde Vinnie se esconde, uma fila de armários de arquivo e, atrás deles, um depósito para qualquer coisa, de armas e munição até grills do George Foreman confiscados até que algum porcalhão amante de hambúrguer apareça no tribunal.

Lula estacionou e nós entramos na sala da frente. Ela se jogou no sofá de vinil marrom encostado na parede e eu me ajeitei em uma cadeira laranja de plástico em frente à mesa de Connie. A porta do escritório de Vinnie estava aberta, mas não havia nenhum sinal dele.

– E aí? – perguntei para Connie.

– Mickey Gritch sequestrou Vinnie. Ontem à noite, ele pegou Vinnie em uma posição comprometedora, com as calças arriadas na rua Stark, esquina com a Thirteenth. E, de acordo com as peças que consegui juntar, Gritch e dois de seus comparsas arrastaram Vinnie sob a mira de uma arma para a traseira de um Cadillac Escalade e se mandaram.

– Conheço essa esquina – disse Lula. – É a esquina da Maureen Brown. Maureen e eu costumávamos ficar por ali, quando eu era garota de programa. Ela não era tão boa quanto eu, mas também não era uma porcaria qualquer.

Antes de ser arquivista, Lula trabalhou na rua Stark. Ela teve um começo difícil, mas está se aperfeiçoando, e eu suspeito que algum dia ainda vá governar Nova Jersey.

– De qualquer forma, acho que Vinnie teve uma onda de azar, e agora ele deve 786 mil dólares ao Mickey – disse Connie.

– Uau! – exclamou Lula. – É muita grana.

— Uma parte são juros — explicou Connie. — E pode ser negociada.

Mickey Gritch é o agente de apostas de Vinnie desde sempre, e não é a primeira vez que Vinnie lhe deve dinheiro, mas não me lembro de já ter ficado devendo tanto assim.

— Mickey Gritch trabalha para Bobby Sunflower, agora — explicou Lula. — E não é bom mexer com Bobby.

— Isso é sério? — perguntei a Connie.

— Os tempos estão difíceis, e Mickey quer o dinheiro dele. Tem muita gente enrolando, então vão pegar Vinnie como exemplo; se ele não aparecer com o dinheiro até o fim da semana, morre.

— Bobby Sunflower faria isso — comentou Lula. — Ele desapareceu com o Jimmie Sanches... Pra sempre. Com muitas outras pessoas também, pelo que fiquei sabendo.

— Você já foi à polícia? — perguntei a Connie.

— A polícia não é minha primeira opção. Vinnie está devendo a esse cara por causa de uma aposta ilegal. Conhecendo Vinnie, é possível que parte do dinheiro tenha vindo do escritório. O sogro dele era o dono daqui, como vocês sabem, mas ano passado o escritório foi vendido para uma empresa de capital de risco em Trenton. Os investidores não vão tolerar apostas de Vinnie com o dinheiro deles. Se isso vazar, podemos todos ficar sem emprego.

— E o sogro dele? — Lula perguntou. — Todo mundo sabe que ele tem muito dinheiro. Além do mais, ele poderia esmagar Bobby Sunflower.

O sogro de Vinnie é Harry, o Destruidor. Desde que Vinnie esteja bem com a filha de Harry, Lucille, tudo certo, mas suspeito que ele não ficaria feliz em saber que Vinnie foi pego enquanto fazia sexo com uma garota de programa da Stark.

— Gritch já procurou Harry. Ele não só não vai arrumar o dinheiro pra salvar Vinnie, como vai pessoalmente bater nele até a morte, caso Vinnie saia dessa vivo — disse Connie.

— Bem, então não tem jeito — disse Lula. — Acho que é *adios*, Vinnie. Da minha parte, eu poderia comer um sanduíche do Cluck-in-a-Bucket como café da manhã. Alguém interessado em dar uma passadinha lá?

— Se não tiver Vinnie, não tem escritório de fianças — começou Connie. — Sem escritório de fianças, não seremos pagas. Se não formos pagas, nada de Cluck-in-a-Bucket pra ninguém.

— Isso não é bom — respondeu Lula. — Estou acostumada a um certo padrão de vida. O Cluck-in-a-Bucket é uma das minhas primeiras opções de comida. Sem falar que eu tenho contas a pagar. Comprei um fabuloso par de sapatos na Via Spigas, semana passada. Só usei uma vez, então pensei que poderia devolver, mas não tenho outros sapatos que combinem com meu vestido vermelho novo que pretendo usar no encontro que terei na sexta-feira.

— Não temos muita opção — disse Connie. — Vamos ter que resolver isso sozinhas.

Vinnie era como um fungo na minha árvore genealógica. Ele era um bom agente de fianças, mas um nojento em qualquer outro aspecto da vida. Tinha o corpo magro e desossado de uma doninha. Usava o cabelo castanho lambido para trás, as calças muito apertadas, os sapatos muito pontudos e deixava muitos botões abertos na camisa de quinta categoria. Vivia cheio de anéis, correntes, pulseiras e, de vez em quando, um brinco. Apostava em tudo, fornicava com qualquer coisa, e não estava muito longe de ser um pervertido. Mas a verdade é que, apesar de tudo isso, bem lá no fundo, eu estava preocupada com ele. Quando as coisas ficaram difíceis e ninguém mais quis me dar emprego, Vinnie estava lá. Tudo bem, eu tive que chantageá-lo, mas o ponto principal é que ele me deu um emprego.

— Gostaria de ajudar — disse —, mas não tenho esse dinheiro todo.

Isso era um grande eufemismo. Eu não tinha dinheiro *nenhum*. Estava com o aluguel um mês atrasado, meu carro era um lixo e o cachorro do meu namorado havia comido meu tênis. Na verdade, eu uso o termo *namorado* livremente. O nome dele é Joe Morelli, e não estou bem certa de como definir nosso relacionamento. Às vezes, temos certeza de que estamos apaixonados, outras vezes suspeitamos que tudo seja uma insanidade. Ele é policial civil de Trenton e tem casa própria, uma avó dos infernos, um corpo magro e musculoso, além de olhos castanhos que fazem meu coração perder o compasso. Crescemos juntos de várias maneiras, e a verdade é que ele é provavelmente mais maduro do que eu.

– Não estava pensando em dinheiro – disse Connie. – Você é uma caçadora de recompensas. Você encontra as pessoas. Tudo o que precisa fazer é encontrar Vinnie e trazê-lo de volta.

– Ah, não. Não, não, não. Péssima ideia. É de Bobby Sunflower que estamos falando. Ele é cruel. Ele não iria gostar nadinha se eu roubasse o refém dele.

– Ei, garota – disse Lula. – Eles vão acabar com Vinnie se você não fizer alguma coisa. E você sabe o que isso significa.

– Nada de Via Spigas?

– Pode apostar.

– Eu nem saberia por onde começar.

– Pode começar pelo Ranger. Ele sabe tudo e tem uma quedinha por você.

Ranger é o outro homem na minha vida, e se descrevi meu relacionamento com Morelli como confuso, não tenho palavras para descrever minha relação com Ranger. Ele já foi agente das Forças Especiais e atualmente administra e é dono de parte de uma firma de segurança. É lindo de morrer com seu jeito latino e obscuro, impossível ser mais sexy. Dirige carros pretos bastante caros, só usa roupas pretas e dorme pelado. Sei disso tudo em primeira mão. Também sei que a exposição prolongada a Ranger é perigosa. Ele pode ser viciante, e esse é um vício ruim para uma mulher criada numa família tradicional como eu, já que seu projeto de vida não inclui casamento. Aliás, considerando o número de inimigos que já fez, seu projeto de vida não deve nem incluir viver.

– Tem outra sugestão além de Ranger? – perguntei a Lula.

– Claro. Tenho várias. É fácil encontrar Mickey Gritch. Vinnie o encontrou no fichário. Provavelmente ele tem um site na internet e uma página no Facebook.

– Você sabe onde ele mora? Onde trabalha? Onde pode estar escondendo Vinnie?

– Não, não sei nada disso – respondeu. – Ei, calma aí. Sei onde ele trabalha. No próprio carro. Ele dirige um Mercedes preto com luzes roxas em volta da placa. Às vezes, vejo o carro estacionado perto do 7-Eleven, na rua Marble. É um bom ponto, já que fica perto dos prédios do governo. Depois de trabalhar o dia inteiro para o governo, ou a pessoa estoura os miolos ou compra um bilhete de loteria.

– E Bobby Sunflower? – perguntei a ela.

– Ninguém sabe onde ele fica. Ele é como o Fantasma. Vai e vem e desaparece como se fosse fumaça.

– Acho que poderíamos sentar no 7-Eleven e vigiar o Gritch.

– Esperem um pouco – disse Connie. – Me deixem olhar no sistema. Se ele for dono de um carro, posso encontrar o endereço dele.

As pessoas imaginam os caçadores de recompensas como veem na TV, perseguindo criminosos por becos e chutando portas no meio da noite. Já corri atrás de alguns caras em becos por aí, mas nunca dominei a arte de chutar portas. Na maioria das vezes, caçadores de recompensas da vida real rastreiam pessoas pelo computador e dão telefonemas furtivos fingindo fazer uma pesquisa ou entregar uma pizza. A era da informação eletrônica é impressionante. Connie tem uns programas no computador que acessam até o boletim da terceira série do seu vizinho.

– Tenho alguns endereços do Gritch – disse Connie. – Um é da casa dele, o outro da irmã. O nome dela é Jean. Parece que é mãe solteira e trabalha na DMV. Tenho seis propriedades comerciais para Bobby Sunflower. Uma loja de penhores, uma oficina, um lava-jato, um condomínio residencial na Stark, um clube de strip-tease e uma funerária.

Traduzindo: Sunflower estava vendendo coisas roubadas, depenando carros, lavando dinheiro, explorando mulheres e provavelmente havia um crematório na funerária.

– Então, acho que devemos manter Vinnie longe da funerária do Bobby Sunflower – disse Lula.

– E meus casos de fiança em aberto? – perguntei a Connie. – Semana passada você me deu seis caras que não compareceram ao tribunal. E isso estava no topo da pilha dos arquivos. Não posso procurar o Vinnie e encontrar criminosos ao mesmo tempo.

– Claro que podemos – disse Lula. – Provavelmente metade desses idiotas estará no clube de strip do Sunflower. Sugiro que a gente faça uma pesquisa, mas, antes, vamos parar na confeitaria. Mudei de ideia com relação ao sanduíche. Agora estou mais para um donut.

Segui Lula para fora do escritório e, três minutos mais tarde, estávamos estacionadas na calçada em frente ao Tasty Pastry.

– Só vou querer um donut – ela disse, saindo do Firebird. – Estou fazendo uma dieta em que só posso comer uma unidade de qualquer coisa. Posso comer, por exemplo, uma ervilha, um aspargo, uma fatia de pão.

Entramos na confeitaria e a conversa foi interrompida pelo cheiro de massa doce e açúcar. Ficamos babando pela vitrine de bolos e tortas, biscoitos, rocamboles de canela, donuts e doces com recheio de creme.

– Não sei o que eu quero – disse Lula. – Como é que dá pra escolher? Tanta coisa, e eu só posso comer um donut. Não posso cometer um erro. Isso é grave. Posso arruinar o resto do dia se escolher o donut errado.

Eu já havia pago e pego meus donuts e Lula ainda estava indecisa, então resolvi esperar por ela do lado de fora, na clara luz do sol da manhã. Estava resolvendo qual dos dois donuts comeria primeiro e, antes que chegasse a uma decisão, o SUV verde de Morelli apareceu e parou na minha frente.

Morelli saiu e veio em minha direção. Seu cabelo preto estava ondulado no pescoço e nas orelhas, não por estilo, mas por desleixo. Ele usava jeans e tênis, e uma camisa azul com as mangas dobradas. A um metro de distância, era um pouco mais alto do que eu, o que significava que se chegasse mais perto conseguiria ver dentro do meu top.

– Trabalhando? – perguntei.
– Estou. Indo pra cima e pra baixo fazendo meu trabalho de policial. – Ele enganchou o dedo no meu decote e olhou dentro.
– Caramba! – eu disse.
– Já faz um tempo. Queria me certificar de que ainda estava tudo aqui.
– Podia ter perguntado!
– Se eu adivinhar o que tem no saco, ganho um donut?
– Não.
– Você pediu um Boston Creme e um donut de geleia.
Estreitei meus olhos.
– Como você sabe?
– É o que sempre pede.
A porta da confeitaria se abriu e Lula apareceu.
– Tudo bem – disse ela. – Estou pronta pra resgatar o Vinnie.
– Percebeu que Morelli estava do meu lado e interrompeu o que dizia. – Ops.

– Resgatar o Vinnie? – perguntou Morelli.
– Ele está meio que desaparecido – respondi.
Morelli tirou o Boston Creme do saco, comeu a metade e me deu o resto.
– Ouvi por aí que um bando de gente não está muito feliz com Vinnie. O que se diz é que ele deve muito dinheiro. Vocês precisam de ajuda?
– Eu teria que fazer um boletim de ocorrência?
– Não, mas teria que me dar o resto do donut.
– Obrigada pela oferta, mas tenho algumas pistas. Vou procurar por minha conta, agora de manhã, e ver no que dá.
Morelli me deu um beijo rápido e voltou para o carro.
Reparei nos dois sacos que Lula segurava.
– Pensei que você só fosse comprar um donut.
– E foi exatamente o que fiz, peguei um de cada. Estou te dizendo, essa é a beleza da dieta.
Sentamos à pequena mesa em frente à confeitaria e comemos nossos donuts enquanto eu lia os arquivos de Mickey Gritch e Bobby Sunflower.
– Temos o endereço da casa de Gritch e da irmã dele, mas não consigo ver Gritch escondendo Vinnie em nenhum desses lugares – disse à Lula. – Nos concentremos então nos negócios de Bobby Sunflower. A loja de penhores fica na rua Market, o lava-jato no Hamilton Township e o resto fica na rua Stark. Vamos dar uma passadinha nesses lugares e ver se surge alguma coisa no caminho.
– É melhor ver o lava-jato primeiro – sugeriu Lula. – Se eu gostar do lugar, talvez deixe que lavem meu Firebird.

DOIS

O lava-jato de Bobby Sunflower ficava perto do Figaroa Diner. Não parecia ter muito espaço para manter um agente de fianças como refém, mas anunciava lavagem sem esponja e atenção individual, então Lula ficou na fila.

— Não estou muito confiante nesse lava-jato — eu disse a Lula. — Não gosto da aparência dos funcionários.

— Você está se referindo à forma como ficam mexendo a língua pra gente e mandando beijinhos?

— É. — Além dos milhares de piercings, tatuagens, as ridículas calças caindo e tenho quase certeza de que um deles estava de pau duro.

— Eles só estão sendo homens — disse Lula.

Olhei na minha bolsa para ver se eu tinha spray de pimenta ou uma arma de choque.

O grupo de idiotas veio andando cheio de marra até nós, e um deles se debruçou na janela da Lula.

— E aí, dona — disse ele. — Vamos lavar seu carro e deixar como você nunca viu antes.

— Este não é um carro qualquer — avisou Lula. — É o meu bebê. Não quero ver nenhum arranhão.

— Se você for boazinha comigo e meus parceiros aqui, vamos lavar seu carro com as mãos.

— Boazinha quanto? — perguntou Lula.

— Muito boazinha — ele respondeu, com um sorriso tão grande que dava para ver que tinha diamantes de qualidade inferior cravados nos dentes podres.

– Isso é nojento – respondeu Lula. – Você tem que mostrar mais respeito e agir como um profissional. E tire a cabeça da minha janela.

– Espere pra ver o que eu e meus parceiros podemos fazer e aí vamos poder conversar sobre respeito.

Lula tirou sua Glock da bolsa e enfiou na cara dele.

– Você tem dez segundos antes que eu exploda seu nariz – disse ela.

– Ei, dona! – o cara se espantou.

Todos eles se viraram e saíram correndo, e Lula disparou seis tiros, conseguindo errar todos os lavadores de carro, mesmo atirando praticamente à queima-roupa.

– Hum – ela disse, subindo o vidro e se afastando do local. – Essas armas não são mais como antigamente. Não acredito que não acertei nenhum daqueles idiotas.

A próxima parada era a loja de penhores. Lula estacionou o carro, nós saímos e olhamos em volta. Havia um apartamento em cima da loja, mas, pelo que sabíamos, não era propriedade de Sunflower. A loja de penhores ficava entre um brechó e uma pizzaria.

– Isso não parece nada promissor – eu disse a Lula – Mas vou até lá dar uma olhada.

– Eu vou ser o quê? – Lula queria saber. – A policial boazinha ou a má?

– Você não vai ser nada. Policial nenhuma. Só vamos olhar e ir embora.

– Tudo bem. Posso fazer isso. Sou uma excelente observadora.

Entramos na loja e Lula andou até o balcão, olhou a vitrine e chamou o atendente.

– Não que eu precise de dinheiro, mas estava imaginando quanto conseguiria por este anel aqui. Como dá pra ver, tem um rubi no meio com uns pedacinhos de diamante em volta. E é de ouro.

– Essa pedra é verdadeira? – ele perguntou.
– Pode apostar que sim. Um cavalheiro me deu este anel em troca de alguns favores. Ele comprou para a esposa, mas achou que eu é que merecia.
– Você não tem nenhuma documentação, suponho. Uma avaliação.
– O quê?
– Acho que eu poderia dar 45 nele.
– Quarenta e cinco mil? – ela perguntou.
– Não, só 45. Caramba, senhora, tenho cara de idiota?
– Não, você até que é bonitinho – Lula disse debruçando os seios no balcão. – O que você tem lá naquela sala dos fundos, docinho?
– Não existe sala dos fundos. Só um banheiro que nem *eu* uso.
– Vamos andando – Lula disse, virando-se e saindo rebolando da loja de penhores.

Dez minutos depois, estávamos plantadas em frente à oficina de Sunflower na parte baixa da Stark. Era uma estrutura de concreto de um andar com três compartimentos, todas as portas abertas.

– Não imagino que possam manter o Vinnie aqui – eu disse a Lula. – Tem muita gente em volta e nenhum lugar para esconder alguém.

A próxima parada era o clube de strip. A placa em neon piscava e uma música eletrônica escapava pela porta aberta. Um cara chapado usando uma camisa branca larga apoiou-se contra o prédio coberto de pichações, fumando. Olhou para nós com os olhos semiabertos e Lula continuou dirigindo.

– Aí só vamos arrumar problemas – ela comentou.

Estacionamos em frente à funerária e olhamos o prédio. Tijolinho marrom, dois andares. As janelas de cima estavam tampadas. Havia um toldo magenta e preto sobre a porta com os dizeres FUNERÁRIA MELON.

— Não sei o que é mais deprimente — Lula começou —, esta funerária medonha ou um clube de strip-tease de manhã.

— Talvez tivesse café da manhã no clube de strip.

— Não tinha pensado nisso — Lula disse. — Nesse caso, tudo bem.

— Este lugar é perfeito para esconder um refém. Eu até entraria e fingiria ser uma cliente, mas não tenho cara de que pertenço a essa vizinhança.

— Você diz isso pelo fato de ser a única pessoa branca por aqui, viva ou morta?

— É.

— Entendo, mas eu não vou entrar lá. Odeio funerárias, e odeio mais ainda gente morta. Fico arrepiada só de estar aqui sentada pensando nisso.

— Tudo bem, podemos deixar isso pra depois. Vamos dar uma olhada no prédio.

O prédio ficava a meia quadra de distância e parecia a Torre do Terror. Tinha quatro andares, era preto de sujeira e levemente inclinado.

— Deus do céu — exclamou Lula, os olhos arregalados, olhando para o prédio. — Este lugar é assustador. O Drácula moraria aqui se não tivesse dinheiro e fosse um drogado. Aposto que é cheio de morcegos raivosos e serpentes mortais, além de aranhas peludas do tamanho de um prato.

Na minha opinião, ali devia ter muito desespero, loucura e encanamento quebrado. De qualquer forma, não era um lugar aonde eu quisesse ir, mas, infelizmente, era um bom lugar para esconder Vinnie.

— O quanto é importante encontrar Vinnie? — perguntei, incapaz de tirar meus olhos do prédio dos infernos.

— Pelo que vejo, ou encontramos Vinnie ou terei que trabalhar na fritadeira do Cluck-in-a-Bucket. Não que haja algum problema nisso, mas toda aquela gordura flutuando no ar não vai fazer bem para o meu cabelo. E se eles já tiverem alguém fazendo isso? E se eu não conseguir arrumar outro emprego e eles vierem pegar de volta meu Via Spigas?

"E se eu não tiver sucesso e eles matarem o Vinnie? Como eu poderia viver com isso?", pensei.

Liguei apressada para Ranger.

Ele atendeu e houve um momento de silêncio, como se ele estivesse me sentindo do outro lado, medindo a temperatura do meu corpo e meu batimento cardíaco.

— Gata – disse, finalmente.

— Você conhece um cortiço na Starks que pertence a Bobby Sunflower?

— Conheço. É no mesmo quarteirão da funerária dele.

— Esse mesmo. Vou procurar por alguém lá dentro. Se você não tiver notícias minhas em meia hora, talvez possa mandar alguém pra ver o que houve.

— Essa é uma boa ideia?

— Provavelmente não.

— Contanto que você saiba disso – Ranger disse. E desligou.

— Ainda tenho dois donuts – disse Lula. – E vou comer os dois antes de entrar, só para o caso de eu nunca mais sair de lá.

Desci do Firebird.

— Leve com você. Se eu não entrar agora, vou amarelar.

A porta da frente estava entreaberta e levava a um saguão pequeno e escuro pichado com símbolos de gangues. Havia escadas à esquerda e caixas de correio à direita. Nenhum nome nelas. A maioria estava aberta e vazia. Algumas nem tinham porta. A mensagem era clara: quem morava ali não recebia correspondência.

No saguão, havia duas portas. Lula e eu ouvimos através delas. Nada. Tentei uma. Trancada. A segunda dava para escadas de um porão.

Lula enfiou a cabeça no espaço da porta.

— Tem escadas para o andar de baixo, mas não consigo ver nada. Está muito escuro lá embaixo. E também não tem um cheiro muito bom.

— Estou ouvindo uns ruídos estridentes — eu disse.

— É, eu também. Tipo um chiado.

E então um tsunami de ratos varreu as escadas e os nossos pés.

— Ratos! — Lula gritou. — *Ratos!*

Eu estava congelada, aterrorizada demais para me mexer. Lula dançava, os braços para o ar, gritando. Os ratos estavam por todo lado, amontoados, lotando o saguão.

— Mata eles. Chuta — Lula disse. — Socorro! Polícia! Liga para 190!

Arranquei o saco da confeitaria da mão de Lula e joguei um donut na porta da frente. Os ratos correram atrás do doce e eu bati a porta atrás deles.

Lula desabou contra a parede.

— Parece que estou tendo um ataque cardíaco? Fui mordida? Tem pulgas em mim? — Ela pegou o saco de volta e olhou dentro. — Pelo menos você não jogou o donut de geleia. Estava deixando esse para o final.

Fechei a porta do porão e subi as escadas. Havia três portas no segundo andar. Duas delas tapadas com tábuas de madeira. Nenhum som vinha lá de dentro. A terceira estava aberta, um apartamento de um quarto sem pessoas ou mobília, mas cheio de lixo.

— Vou direto pra casa tomar um banho, quando sairmos daqui — disse Lula. — Acho que peguei piolho.

No terceiro andar havia três portas, todas fechadas.

— Precisamos de um plano — disse Lula.

– Como fingir ser uma bandeirante vendendo biscoitos?
– É.
– E se Vinnie estiver aqui com alguns capangas do Sunflower? Atiramos neles, certo?
– Só se precisarmos.

Lula tirou sua Glock da bolsa e enfiou nas calças, acomodando-a nas costas. Olhou para mim.

– Você não quer deixar sua arma preparada?
– Não tenho arma.
– O que você tem?
– Spray de cabelo.
– Isso é bom mesmo? Posso precisar quando tivermos terminado aqui, dependendo do lugar onde formos almoçar.

Desci alguns degraus devagar e me apertei contra a parede, com o spray preparado, caso Lula precisasse de ajuda. Lula bateu na primeira porta, a porta se abriu e um homem gordo, descuidado e com olhos cansados apareceu. Devia ter uns cinquenta anos, precisava se barbear, tomar um banho e beber menos álcool.

– O que é? – ele disse.
– Estou vendendo biscoitos de bandeirantes – Lula disse, olhando para dentro do apartamento.
– Você não é um pouco velha pra ser bandeirante?
– Não que seja da sua conta, mas estou fazendo isso pela minha sobrinha. Ela teve um problema intestinal e não conseguiu alcançar a sua meta, então resolvi ajudar.
– O que tem no saco de padaria?
– Isso também não é da sua conta. Vai comprar ou não os biscoitos?

O homem arrancou o saco de donut da Lula, bateu a porta e trancou.

– Ei! – Lula disse. – Devolva meu saco. – Ela colou o ouvido na porta. – Estou ouvindo o saco abrir! É melhor ele não encostar no meu donut. – Lula bateu com força na porta. – Devolva meu donut ou você vai ver!

– Tarde demais – ele respondeu, através da porta. – Já comi.

– Ah é? Então, coma isso – disse Lula. Sacou a Glock e disparou uma rajada de tiros na porta.

– Caramba! – gritei, correndo até Lula. – Pare de atirar. Você não pode sair atirando na porta de alguém por causa de um donut. Pode até matar o cara.

– Droga – disse Lula. – Estou sem balas. – Ela vasculhou a bolsa. – Sei que tenho um cartucho extra em algum lugar.

A porta se abriu com violência e o homem gordo nos olhou e puxou a telha de uma espingarda de cano serrado. Ele mirou e eu detonei spray de cabelo nele.

– Ai! – ele vociferou, esfregando os olhos. – Merda, isso arde.

Lula e eu descemos as escadas voando. Descemos um lance, viramos para o segundo e nos chocamos com dois homens de Ranger. Batemos neles com força suficiente para desequilibrá-los, e todos nós caímos de pernas para o ar, rolando no saguão.

– Jesus – eu disse, ficando em pé. – Desculpe, eu não esperava ver ninguém na escada.

Conhecia um dos homens, cujo nome era Hal. Ele era um amor e tinha o corpo de um estegossauro.

– Ranger nos mandou para ver se você estava bem – disse Hal. – Assim que chegamos, ouvimos tiros.

– Um idiota comeu meu donut de geleia – contou Lula. – Aí eu atirei nele.

Hal lançou os olhos para o terceiro andar.

– Ele está muito mal? Você quer que nós, bem, nos livremos de alguma coisa?

– Como um corpo, por exemplo?

– É – disse Hal.

– Obrigada, mas não é necessário. Lula atirou na porta, e o imbecil veio atrás da gente com uma espingarda.

– Entendi. Vou passar isso pro Ranger.

Hal e seu parceiro entraram no SUV preto cintilante e nós duas no Firebird.

– É uma pena não termos conseguido verificar todos os apartamentos – disse Lula. – Eu realmente tinha um pressentimento sobre aquele lugar. Consigo ver o Vinnie escondido lá.

Eu achava que o prédio seria muito óbvio. Não conhecia Bobby Sunflower pessoalmente, mas, por tudo o que ouvi, ele não parecia bobo. Se estava por trás disso, provavelmente Vinnie não estaria em uma de suas propriedades. Pessoas como Sunflower tinham muitos contatos, por isso achei que o Vinnie estivesse sendo mantido com algum deles.

– O que foi agora? – Lula quis saber.

– Me deixe lá na Rangeman.

TRÊS

A Rangeman fica em um prédio discreto de sete andares em uma rua calma de Trenton. Se não olhar bem de perto, você não percebe a pequena placa de bronze ao lado da porta com a inscrição RANGEMAN. Não há qualquer outra placa identificando o negócio. O esconderijo privado de Ranger ocupa o último andar. Dois outros andares são destinados a apartamentos de funcionários, e no restante do prédio funciona a operação de segurança. Os serviços de Ranger priorizam residências e propriedades comerciais de clientes que precisam de um alto nível de proteção. Além disso, de vez em quando, a empresa faz um bico, protegendo, encontrando e possivelmente eliminando pessoas.

Ranger foi meu mentor quando comecei a trabalhar para meu primo Vinnie. Acho que ele ainda é meu mentor, mas agora também é meu amigo, meu protetor, de vez em quando meu patrão e, em uma única ocasião memorável, meu amante. Sei o código eletrônico da garagem subterrânea e do apartamento particular de Ranger. Ele também me dá acesso ao prédio, mas hoje deixei o garoto da recepção avisar que eu vinha. Peguei o elevador para a sala de controle e passei pelas estantes e os armários, acenando para os caras que eu conhecia.

O escritório de Ranger fica alguns degraus abaixo do hall. Ele estava no computador quando cheguei, e sorriu ao me ver. Um grande gesto para Ranger, já que não é muito de sorrir. Ele estava usando uma camiseta preta da Rangeman, calça cargo e tênis. Todos no prédio estavam vestidos exatamente assim, mas as roupas ficam melhor em Ranger. Possivelmente porque ele estava logo no começo da fila quando Deus fabricava as melhores partes do corpo. Ranger podia até se vestir com um saco preto de lixo que iria continuar sexy.

– Preciso de uma aula sobre rastreamento – disse a ele. – Sabe quando você sempre sabe onde estou? Quero ser capaz de fazer isso. Quero colocar um daqueles dispositivos no carro de alguém.

– Posso lhe dar o dispositivo. E também posso mostrar como se instala, mas não servirá para nada se você não puder receber os sinais. Seria mais fácil e menos caro se me deixasse rastrear essa pessoa para você.

– Seria ótimo. Preciso saber para onde Mickey Gritch vai. Ele raptou o Vinnie e tenho que trazer meu primo de volta.

– Por quê?

Soltei um suspiro.

– É o certo.

Ranger abriu a gaveta da mesa, tirou um molho de chaves e o jogou para mim.

– Você precisa de um carro.

– E você está me dando um?

– É o certo.

A Rangeman tem uma frota de carros pretos novos e cintilantes para uso dos funcionários. A maioria é SUV. São algumas F150s e caminhonetes. E o carro pessoal de Ranger é um Porsche Turbo. O carro que eu ganhei na loteria Rangeman foi um jipe Wrangler preto.

Era meio-dia quando estacionei em frente ao escritório, e Lula e Connie tinham duas caixas de pizza abertas na mesa.

– É muita pizza para quem só está comendo uma coisa de cada – disse para Lula.

— Não estou comendo da caixa de Connie — Lula comentou. — Pedi uma pizza e é isso o que estou comendo, mas se você quiser um pedaço, pode ficar à vontade.

A pizza de Lula tinha de tudo e a de Connie era de queijo e pepperoni. Já que eu estava mais para esta última, fui para a da Connie.

— Me deixe adivinhar onde você conseguiu esse carro preto brilhante — Lula disse. — Com o Ranger.

— É um empréstimo.

Lula pegou outra fatia.

— Quer saber o que eu acho? Acho que esse cara é mau e assustador por fora e doce e delicado por dentro.

Eu conhecia o Ranger muito bem e não tinha certeza do que ele era por dentro, mas sabia que não era doce e delicado.

— Soube mais alguma coisa sobre Mickey Gritch? — perguntei a Connie.

— Não. Recebi um telefonema logo cedo e nada desde então. Acho que Mickey ligou pra Lucille ontem à noite. Lucille ligou pra Harry e Harry fez algumas perguntas e descobriu sobre a garota de programa. Quando eu falei com Lucille, ela estava trocando as fechaduras da casa e Harry estava fazendo um discurso inflamado. Tenho uma clara impressão de que ninguém daquela parte da família vai se importar se Mickey Gritch eliminar Vinnie.

— É uma pena — comentei. — Sei que Vinnie é responsável por isso, mas ainda assim é triste.

Comi duas fatias de pizza, tomei uma garrafa de água e pendurei minha bolsa no ombro.

— Aonde está indo? — Lula quis saber.

— Ranger está rastreando Mickey Gritch, então eu pensei em tirar a tarde para procurar Dirk Galeão. Ele continua violando o contrato.

— Pensei que o nome dele fosse Garanhão — disse Lula.

– Apelido – respondi.

Os jornais o apelidaram de Garanhão porque ele casou com quatro mulheres antes que o estado de Nova Jersey descobrisse e o prendesse. Além de ser indiciado por bigamia, o Sr. Galeão foi pego furtando lingerie cara. Ele alegou que o governo não dava dinheiro suficiente para que pudesse manter os presentes de aniversário de casamento.

– Ele parece um velhinho simpático nessas fotos do jornal – comentou Lula.

Dirk Galeão tinha 72 anos, 1,75m de altura, era ligeiramente gordo, tinha bochechas rosadas, cabelo branco fino e um rosto de querubim.

– Tenho um pressentimento de que o Sr. Garanhão está com uma de suas esposas – eu disse. – Uma delas mora no Burgo, outra na rua Cherry e duas na Hamilton Township.

– Espere um pouco – interrompeu Lula. – Eu vou com você para o caso de alguma das mulheres sair do controle e você precisar de reforço.

Dei uma olhada no arquivo que Connie tinha me dado. A primeira mulher do Sr. Galeão era da idade dele. Todas as outras estavam no final dos setenta. Provavelmente eu poderia lidar com elas.

– De qualquer forma, nunca vi nenhuma esposa de um bígamo – continuou Lula. – Quero ver como elas são.

Pensei em começar com a esposa mais recente e continuar até a mais antiga. Margaret Galeão morava no térreo de um prédio na Hamilton Township. Os prédios do condomínio tinham dois andares; eram de tijolinhos vermelhos com portas e persianas brancas nas janelas. Havia dez apartamentos em cada prédio. Cinco no primeiro andar e cinco no segundo. Margaret morava no final do condomínio.

– Parece bem normal – disse Lula, saindo do jipe, tocando nas colunas de imitação colonial em frente ao prédio. – Isso não parece um esconderijo para um bígamo. Espero não ficar desapontada. Odeio quando isso acontece.

Atravessamos o estacionamento até a porta da frente e toquei a campainha.

A mulher que atendeu tinha cerca de 1,50m. Seu cabelo era louro-claro e curto. A maquiagem lembrava aquelas gueixas do Japão. Lábios exageradamente caídos pintados com batom vermelho brilhante, pó compacto branco e sobrancelhas pretas e finas desenhadas a lápis. Ela usava um conjunto de inverno de veludo magenta e tênis brancos.

– A senhora é Margaret Galeão? – perguntei.
– Sim. Vocês não são mais outras esposas, são?
– Não.
– Graças a Deus – ela disse. – Não consigo mais contar. Não sei como Dirk consegue. As esposas surgem do nada.

Dei a ela meu cartão.

– Sou agente de cumprimento de fianças e estou procurando por Dirk.

– Boa sorte – Margaret respondeu suspirando. – Já desisti de procurar por ele. Saiu pra tomar sorvete duas semanas atrás e nunca mais voltou. E agora parece que sou a esposa número quatro. Soube disso pelos jornais. Acho que eu deveria arrumar um advogado, mas é muito caro.

– Como é ser casada com um bígamo? – perguntou Lula.
– É perfeito. Ele me disse que ainda estava administrando a empresa no Des Moines. E que iria aparecer na quinta à noite para tirar o lixo que seria recolhido na sexta. Então sairia domingo bem cedo. Ele era muito atencioso e sempre um cavalheiro. E excelente na cama.

– Tá brincando! – Lula disse. – A senhora e o Sr. Garanhão faziam muito sexo?
– Não, mas conversávamos sobre o assunto.
– A senhora sabe onde ele está agora? – perguntei.
– Na cadeia?
– Ainda não – respondi.

Lula e eu nos despedimos de Margaret Galeão e dirigimos uns oitocentos metros até a casa de Ann Galeão, na rua Sycamore. Ann morava em uma pequena estância, em um bairro cheio de pequenas estâncias. A sua casa era cinza-claro, com persianas e porta azuis. O quintal era arrumado, e parecia que alguém tinha colocado uma cobertura de proteção em volta de suas azaleias.

– Isso é fascinante pra mim – disse Lula. – Sou uma estudante da natureza humana. Por isso, era uma garota de programa tão boa. Eu me interessava pelos meus clientes. E agora, aqui estou, vendo todas essas mulheres bígamas morando em diferentes tipos de casas. Você não acha fascinante?

Na verdade, aquilo não estava no topo da minha lista de coisas fascinantes, mas achei legal que Lula se sentisse assim.

Toquei a campainha de Ann com Lula rodeando atrás de mim. Toquei mais uma vez e uma senhora bem magra, segurando um pincel, atendeu. Tinha o cabelo grisalho da cor e textura de uma palha de aço, usava óculos tortos no rosto, sapatos ortopédicos brancos e vestia algo de algodão sem forma que ficava entre um vestido e um roupão de banho.

– Sra. Galeão? – perguntei.
– Sim. Eu e todo mundo. – Ela esticou o pescoço para olhar por cima de Lula. – Essa não é outra daquelas entrevistas para televisão, é? Estou pintando a cozinha e meu cabelo não está arrumado.

Eu me apresentei e lhe entreguei meu cartão.

— Estou procurando seu marido. A senhora tem ideia de onde ele possa estar?

Ela tirou o cabelo do rosto e ali deixou uma mancha de tinta amarelo-limão.

— Não sei onde ele está, mas se você encontrar, quero saber para poder torcer o pescoço dele. Começou a pintar minha cozinha com essa cor ridícula três semanas atrás e nunca voltou pra terminar.

— A cozinha vai ficar bem alegre quando acabar – disse Lula.

— Alegre uma ova – retrucou Ann Galeão. – Sempre que olho pra isso, minha pressão sobe. Estou tomando umas pílulas como se fossem M&Ms.

— Então acho que casar com um bígamo não foi muito bom para a senhora – comentou Lula.

— Poderia ter sido pior. Sempre quando eu estava me cansando dele, ele saía para uma viagem de negócios de duas semanas. Esse é o segredo para manter a mágica no casamento. Não ver muito o outro. Os homens só estão interessados em uma coisa mesmo. S-E-X-O. E depois que conseguem, vão dormir e roncar.

— Já percebi – respondeu Lula.

Agradeci Ann Galeão pela ajuda, e Lula e eu voltamos para o jipe.

— Talvez os bígamos não sejam tão fascinantes como pensei – disse Lula, colocando o cinto de segurança. – De acordo com os jornais, nenhuma dessas mulheres sabia da existência de outras esposas. Agora que estou conhecendo cada uma, dá pra ver por quê.

Saí com o carro e virei na Klockner Boulevard.

— A primeira esposa mora no Burgo. Acho que deveríamos vê-la agora, já que é caminho para o escritório.

O Burgo é uma parte singular de Trenton cercada pela avenida Hamilton, pela rua Liberty, pela rua Chambers e pela Broad. Morei lá durante toda a minha infância e meus pais ainda vivem lá. As casas são pequenas, os quintais estreitos, os carros grandes e as janelas limpas. É um bairro de trabalhadores americanos de segunda geração. As famílias são grandes e orgulhosamente disfuncionais. Embora disfunção em Jersey possa ser difícil de medir.

Tomasina Galeão morava a um quarteirão da Hamilton, em uma casa com tábuas de madeira e acabamento marrom.

– Essa casa parece um cocô – disse Lula. – Como alguém pode morar em um lugar todo marrom? Parece que está entrando em um cocô todos os dias. É só minha opinião, mas acho deprimente. Quando tivesse visita, o que diria a ela? Daria como referência: vire na Hamilton e estacione em frente a uma casa que parece um cocô.

Tinha que admitir, não era a casa mais bonita que eu já tinha visto, mas cocô era demais. A verdade é que metade da parte de baixo da casa dos meus pais era marrom e, tudo bem, se fosse pra ser honesta, também não era tão bonita assim.

Bati na porta e uma mulher robusta atendeu. Tinha setenta e poucos anos, cabelo grisalho curto, óculos com armação de metal, usava um terninho verde, brincos grandes de pérolas e muito perfume.

– Tomasina Galeão? – perguntei.

– Sou eu. E também sei quem é você. É a neta da Edna. Aquela que incendiou a funerária.

– Não foi minha culpa. Tinha gente atirando em mim.

– Suponho que esteja procurando pelo idiota do meu marido, o bígamo.

– Estamos sim – respondeu Lula. – E me desculpe a pergunta, mas como era ser casada com um bígamo?

– A mesma coisa que ser casada com qualquer outra pessoa.

– Isso é frustrante – disse Lula.

Tomasina apertou os lábios.

– Nem me diga. Fui casada com aquele idiota por 51 anos, e dez anos atrás ele decide simplesmente sair e casar com outra pessoa. E aí ele resolve casar com toda piranhazinha que aparece. No que ele estava pensando?

– A senhora sabe onde posso encontrá-lo? – perguntei.

– Imagino que possa estar com uma das suas destruidoras de lares.

– Além das destruidoras de lares, tem algum outro lugar onde possa estar? Na casa de um parente? Um amigo próximo?

– Não consigo imaginá-lo com nenhum parente. O irmão morreu no ano passado. Os pais dele também já morreram. Nosso filho mora em Delaware, e ele me contaria se o Dirk estivesse lá. Ernie Wilkes é seu melhor amigo, mas a mulher dele não iria suportar Dirk na sua casa.

– A senhora parece arrumada – observou Lula. – Vai sair?

– Não. Acabei de chegar. Estava no velório da Karen Shishler, no Stiva's. – Tomasina virou-se para mim. – Sua avó está lá fazendo uma cena porque o caixão está fechado. O velório já tinha acabado e ela se recusava a sair até que abrissem o caixão.

– Obrigada – respondi. – Se a senhora vir o Dirk, me ligue, por favor.

QUATRO

Três minutos depois, estávamos em frente à funerária Stiva's. Já era o terceiro dono depois de Stiva, mas mantinha o mesmo nome.
– Acho que você vai buscar sua avó – disse Lula.
– Vou. Só vou ver se ela ainda está aqui.
– Vou esperar no carro, se você não se importar. Não que eu tenha medo de gente morta ou algo do tipo, mas isso me dá arrepios.
O Stiva's fica em uma grande casa colonial na Hamilton. Os degraus da frente são cobertos por um tapete verde e levam a uma ampla varanda que abrange a largura da casa. Entrei pelo grande saguão e ouvi vovó gritando com o diretor do funeral na capela número três.
– Como é que eu sei que ela está lá se você não abre a tampa? – vovó perguntou.
– Você tem minha palavra – o homem respondeu.
Mitchell Shepherd é o dono da funerária. Ele a comprou há um ano e deve se arrepender até hoje. As pessoas no Burgo levam muito a sério suas funerárias e, já que no Burgo não tem cinema nem shopping, elas acabam sendo o entretenimento. Shepherd é bastante careca e está na casa dos 50 anos. Ele tem o rosto e o corpo redondos e seu uniforme é um terno azul-marinho, camisa branca e gravata listrada azul-marinho.
– Só uma espiadinha – disse vovó. – Eu não conto pra ninguém.
– Não dá. A família quer o caixão fechado.
Vovó Mazur veio morar com meus pais depois que vovô Mazur morreu e foi para onde quer que as pessoas que comem ba-

con, bebem uísque e adoram molhos vão. Ela tem 1,65m em um dia bom, cabelo grisalho com um leve ondulado, um corpo que parece pele mole em ossos finos e um jeito que somente as senhoras conseguem ter.

– Eu fiz um esforço pra vir até aqui hoje e qual é a vantagem, se nem posso ver o morto? – reclamou vovó. – Da próxima vez, eu vou pra funerária do Morton. Eles nunca deixam os caixões fechados.

Shepherd olhou como se fosse pagar para que vovó fosse ao Morton. Quando me viu de relance, quase desabou de alívio.

– Stephanie! – exclamou. – Como é bom ver você.

– Nossa, pelo amor de Deus – disse vovó. – Olha quem está aqui. Sua mãe mandou você atrás de mim?

– Não. Fiquei sabendo que você estava criando caso e vim por conta própria.

– Chegou na hora pra me dar uma carona. Não tenho motivos pra ficar aqui por mais tempo, já que o Sr. Estraga-Prazeres aqui não vai abrir a tampa do caixão pra mim.

Escoltei vovó para fora da funerária e ela parou de repente ao ver o jipe.

– Não é uma gracinha? – comentou. – Isso é que é carro. Sempre quis andar num desses. Como é que entro nele?

Lula se inclinou para o banco de trás e esticou a mão para vovó. Coloquei minhas mãos debaixo dela e Lula e eu a colocamos no banco do passageiro.

– Ainda bem que você chegou agora – disse vovó. – Se eu voltasse a pé, chegaria atrasada para o jantar, e hoje teremos assado. Não seria certo me atrasar pra esse prato.

– Adoro assado – disse Lula. – Aposto que também vai ter purê de batatas e molho. *Adoro* purê com molho de assado.

– Vocês deviam jantar conosco – disse vovó. – Sempre temos comida a mais.

– Se não for incomodar – respondeu Lula. – Eu não quero insistir. E também não vou comer muito, já que estou fazendo uma dieta na qual como uma coisa de cada. Por exemplo, eu só como um pedaço de assado, um punhado de purê de batatas e uma vagem.

– Já perdeu peso? – quis saber vovó.

– Ainda não, mas acabo de começar a dieta. Ainda estou pegando a manha. Por exemplo, como fazer quando comer salada? Significa que posso comer uma salada inteira? Ou uma folha de alface e um pedaço de tomate? Mas isso não importa muito, já que eu não consigo entender essa obsessão toda por salada. Alface não parece comida para mim. E se você vai comer um tomate, coloque no hambúrguer.

Meus pais moram em uma casa geminada. Eles dividem uma parede com a Sra. Markowitz, e as duas metades da casa são idênticas. Sala de estar, sala de jantar e cozinha no andar de baixo. Três quartos pequenos e um banheiro em cima. Desde que consigo me lembrar, a sra. Markowitz é vizinha dos meus pais. Seu marido morreu há alguns anos e agora ela mora sozinha, fazendo bolo de café e assistindo TV. Ela pintou a metade da casa de verde-limão. A casa dos meus pais sempre foi marrom na parte de baixo e amarelo-mostarda na parte de cima. Não sei por quê. Acho que é uma cultura de Trenton.

A casa não mudou muito com o passar dos anos. Um aparelho novo quando necessário. Cortinas novas. Basicamente, é cheia de móveis confortáveis e comuns, cheiro de comida e boas lembranças.

Minha mãe sempre foi dona de casa. Ela é uma versão mais nova e mais musculosa da minha avó Mazur, e acho que fui feita na mesma forma. Tenho o bom metabolismo delas, rosto oval e olhos azuis.

Meu pai aposentou-se pelo Correio e agora dirige um táxi em meio período. Puxei o cabelo rebelde da família dele. E também do Vinnie, meu primo pervertido.

A mesa estava arrumada para três pessoas quando entramos. Minha mãe colocou rapidamente mais dois pratos e, em minutos, meu pai já estava com a cabeça curvada sobre o prato, espetando carne e batatas, e minha mãe, na cabeceira oposta, tentava não encarar o cabelo vermelho berrante de Lula e seu top minúsculo de estampa de leopardo que exibia quase quarenta centímetros de decote.

– Isso não é ótimo? – disse vovó, olhando para todos na mesa.
– Adoro quando temos visitas. Parece uma festa. O que vocês estavam fazendo por aqui? – ela me perguntou. – Procurando bandidos perigosos?
– Estamos procurando Dirk Galeão – respondi.
– Não é um escândalo? – disse vovó. – Imagine ter quatro esposas. Ninguém nunca suspeitou de nada. Ele era tão agradável. Eu costumava vê-lo na funerária quando os Knights of Columbus faziam alguma cerimônia.
– Você sabe onde ele pode estar escondido?
– Já tentou todas as esposas? Uma delas ainda deve ter um lugar aconchegante para ele.
– Só falta uma.
– Se não der certo, você pode tentar a garrafa da sorte do Pip – disse vovó.

Minha mãe suspirou e meu pai murmurou alguma coisa que mais parecia uma maluquice.

– Você está falando daquela garrafa vermelha? – perguntou Lula. – Uma que parece com uma garrafa de cerveja?

Vovó se serviu de purê de batatas.

– Pip era devoto daquela garrafa. Ele dizia que trazia sorte.
– Como ela funciona? – Lula queria saber. – Basta ser dono dela? Tem que carregar com você? Tem que esfregar como uma lâmpada mágica?
– Não sei ao certo – disse vovó. – Nunca vi Pip usando a garrafa. – Ela olhou para mim. – Não veio com instruções?

– Não.

– Vagabundo – disse vovó.

– A garrafa é um monte de bosta de cavalo – disse meu pai. – Pip era maluco. Ele nunca deu uma dentro.

– E aquela vez que ele ganhou dez mil dólares na loteria? – vovó perguntou. – Como você explica isso?

– Pura sorte – respondeu meu pai.

– Isso mesmo! – disse vovó. – Foi a garrafa da sorte.

– E o que você diz de urinar durante uma tempestade e ser eletrocutado? – disse meu pai. – Foi sorte também?

– Provavelmente ele não estava com a garrafa – respondeu vovó.

– O que aconteceu com meu assado? – perguntou Lula.

– Você comeu – disse vovó.

Lula encarou o prato. Olhou para o colo e para o chão.

– Tem certeza que eu comi? Não me lembro.

– Eu vi você comer – respondeu vovó. – Foi a primeira coisa que você comeu.

– Você acha que conta na dieta se você não lembrar de ter comido?

Ninguém sabia o que dizer.

Lula olhou para o prato. Tinha uma colher cheia de purê e uma vagem.

– O que tem para sobremesa? – perguntou. – Espero que não sejam uvas.

Lula e eu voltamos para o jipe e nos dirigimos à rua Stark para checar a funerária de Sunflower. Eram quase oito da noite e o sol estava se pondo. Parei no meu apartamento para pegar um casaco e Lula insistiu para que levássemos a garrafa da sorte.

– Tio Pip provavelmente estaria vivo se tivesse levado a garrafa com ele – Lula disse. – Pelo menos ele poderia ter feito xixi dentro dela em vez de fazer no fio.

– Não necessariamente – respondi. – Não consigo arrancar a tampa. Acho que está colada.

– Me deixe dar uma olhada. Talvez eu descubra.

Parei no sinal e tirei a garrafa da minha bolsa grande de couro. Lula tentou abrir a tampa, mas ela nem se moveu.

– Você tem razão – ela disse. – Essa porcaria está bem presa. – Ela balançou a garrafa perto do ouvido. – Não escuto nada chacoalhando. – Depois virou a garrafa para cima e olhou para dentro, contra o pouco de luz que ainda havia. – Não consigo ver nada. O vidro é muito grosso.

Acho que sorte é algo estranho. É difícil dizer se você faz a sua sorte ou se é ela que está com você. E me parece que poderia facilmente ser má sorte ou boa sorte. Não é como uma habilidade constante, como tocar piano ou saber fazer uma omelete perfeita.

Dirigi até a funerária e nós observamos o local. Havia muitos carros estacionados no meio-fio e um grupo de senhores usando terno e gravata conversando na porta da frente. Do lado de dentro, as luzes estavam acesas. Havia um velório acontecendo na Melon's.

Estacionei a meio quarteirão de distância.

– Vou esperar aqui enquanto você vai dar uma olhada – disse a Lula.

– Por que é você que vai esperar aqui? – perguntou Lula. – Sou eu quem odeia pessoas mortas. Eu deveria ficar no carro.

– Você não pode ficar aqui. Você é amiga do morto.

– Tudo bem, mas eu não vou sozinha. Você vai ter que dar um jeito de se misturar. É só se emperiquitar um pouco e todo mundo vai pensar que você é uma garota de programa que veio para o velório.

Sacudi o cabelo, passei um batom mais brilhante, tirei o casaco e enrolei a blusa para mostrar um pouco de pele.

– É o melhor que posso fazer.

– Você não está tão gostosa – Lula disse. – Nunca iria ganhar dinheiro vestida assim.

– Claro que iria. Sou a garota da porta ao lado.

– Você não tem muita noção. Para ser a garota da porta ao lado, você precisa vestir uma saia curta e fazer dois rabos de cavalo.

– Pensei que essa fosse a estudante católica.

– A saia da estudante católica é xadrez e de pregas.

Coloquei a garrafa de Pip de volta na bolsa, pendurei a bolsa no ombro e deslizei para fora do jipe. Passamos pelo grupo de homens, pela porta aberta, e entramos no saguão. Várias mulheres mais velhas estavam de pé em frente a uma mesa com uma máquina de café e xícaras. Dava para ver mais mulheres e alguns homens em um cômodo adjacente. O caixão estava lá. Até onde posso afirmar, essa era a extensão das áreas abertas ao público.

– Funerária pequena – eu disse a Lula.

– Acho que o embalsamento acontece no andar de cima, considerando que as janelas estão tapadas e Bobby Sunflower gosta de manter os ratos nos porões – ela respondeu.

– Quero ver o que tem lá no corredor à esquerda. Fique na frente para que ninguém me veja bisbilhotando.

O corredor não era muito comprido e levava a uma pequena cozinha, com escadas para o andar de cima e duas portas. Abri a primeira e havia escadas para o andar de baixo. Prendi a respiração e fiquei ouvindo por um momento. Nenhum chiado. Liguei a luz e sussurrei olá. Ninguém respondeu. Eu não queria resgatar Vinnie tanto assim a ponto de descer as escadas. Fechei a porta do porão e tentei a segunda porta. Dava diretamente para um pequeno estacionamento pavimentado. Um carro fúnebre e um Stretch Lincoln preto estavam estacionados. Fui até os degraus de cimento para ver melhor a parte de trás do prédio e a porta bateu atrás de mim. Tentei abrir. Trancada. Droga!

A funerária ficava no meio do quarteirão, sem espaços entre os prédios. Eu ia precisar descer o beco e virar à esquina para voltar à Stark. Normalmente não haveria nenhum problema, mas esse não era o tipo de bairro em que uma garota gostaria de passear depois de escurecer.

Entrei no beco e olhei para o prédio. Quatro janelas no segundo andar. Todas tapadas e bloqueadas, iguais à janela da frente. Liguei para Lula.

— Onde é que você está? — ela perguntou.

— Eu me tranquei aqui fora sem querer. Estou no beco. Você pode abrir para eu entrar?

— Negativo. Bobby Sunflower acabou de descer as escadas de trás, e ele está no corredor conversando com um idiota que tem a palavra assassino escrita no corpo todo.

— Vai lá e pergunta se eles estão escondendo o Vinnie lá em cima.

— Muito engraçado — Lula disse. — Por que você não esfrega sua garrafa e pede pra ter visão de raios X?

— Você está sendo sarcástica com minha garrafa da sorte?

— Sim, e já estou arrependida. Não é uma boa desrespeitar uma garrafa da sorte. Encontro você no jipe. Ainda bem que você está com o seu spray, para o caso de encontrar com algum morador da área.

CINCO

Passei apressadamente pelo beco, me escondendo nas sombras, onde esperava não ser vista. Dei a volta na esquina correndo e na hora que cheguei à Stark meu batimento cardíaco estava a mil. Respirei fundo e tentei me acalmar antes de alcançar o carro, para não ter que ouvir Lula fazer um discurso sobre como eu deveria carregar uma arma comigo. Tudo bem, talvez ela estivesse certa, mas eu realmente odiava armas e nunca conseguia me lembrar onde escondia as balas.

Ranger tinha um controle remoto para abrir as portas do jipe, então eu o usei e Lula e eu nos sentamos e ficamos olhando a funerária.

– Você conhece o Bobby Sunflower? – ela perguntou.
– Não.
– É aquele cara alto que acabou de sair.
– Sunflower é o nome verdadeiro dele?
– Até onde eu sei – Lula disse.

Bobby Sunflower tinha um pouco mais de 1,80m. Era magro, com um rosto comprido e trancinhas longas que iam até os ombros. Vestia um terno de risca de giz e uma camisa branca desabotoada até metade do peito. Tinha várias correntes de ouro no pescoço e dava para ver seu anel de diamantes de onde eu estava. Com ele, havia dois homens que pareciam idiotas com músculos. Eles ficaram a dois passos de distância enquanto Sunflower falava com um cara atarracado usando um terno preto que lhe caía mal.

– Aquele é o dono da funerária, o Melon – disse Lula. – Eu estava vigiando esse cara lá dentro.

Um Cadillac Escalade preto com vidro fumê parou em frente à funerária. Sunflower deu as costas a Melon e entrou no banco de trás do carro. Um dos atiradores sentou-se no banco do carona, o outro ao lado de Sunflower e o carro começou a descer a rua.

Liguei o jipe e segui o Escalade, a uma distância de mais ou menos meio quarteirão. Eles desceram a Stark, pegaram a rua State em direção à Broad e os perdi lá. Muito trânsito na Broad. Eu os perdi quando não consegui avançar um sinal.

– Estou com um mau pressentimento com relação a Bobby Sunflower – Lula disse. – Tem gente que te assusta profundamente, e ele é uma dessas pessoas.

Entrei na Broad e segui meu caminho pelo Burgo para a Hamilton e o escritório de fianças. Deixei Lula no seu carro e segui para casa. Estava a um quarteirão do meu apartamento quando Mickey Gritch passou por mim indo para a direção oposta. Mercedes preto com luzes roxas de cafetão piscando em volta da placa. Difícil não ver. Desliguei os faróis e dei meia-volta na Hamilton. Deixei um carro entrar entre mim e Gritch e liguei os faróis de novo.

Gritch virou à direita na Olden, atravessou os trilhos e fez uma curva, terminando na Stark. Pegou o beco atrás da funerária e estacionou depois da limusine. Eu estava na esquina, no lado escuro da rua, vigiando com os faróis apagados. Gritch saiu do carro, foi até a porta dos fundos e bateu. A porta abriu, Gritch entrou e ela se fechou.

Verifiquei o retrovisor e vi que um carro tinha estacionado atrás de mim. Minha pulsação ficou acelerada, e já estava a ponto de pisar no acelerador quando Ranger saiu do carro e andou até o jipe.

Saí do carro e andei até ele, e minha pulsação não voltou ao normal. Ranger, naquela proximidade, em uma rua escura e deserta, faria o coração de qualquer mulher acelerar.

– Você me deu um susto enorme – eu disse. – Não vi de cara que era você.

– Chet estava monitorando a frota e viu você dar meia-volta e começar a seguir Gritch.

– E você estava pela vizinhança?

– Não. Peguei minhas chaves e vim ver você em ação. – Ele analisou meu corpo inteiro. – Novo visual?

– Lula e eu viemos aqui mais cedo, e ela achou que eu me encaixaria melhor no contexto se me vestisse como uma garota de programa.

Ranger colocou as mãos na minha cintura e as deslizou pela minha pele até onde minha camisa estava enrolada e enfiada no meu sutiã. Soltou minha blusa e a desenrolou.

– Você parece estar com frio – disse.

Eu tinha quase certeza de que ele se referia à rigidez dos meus mamilos e, como se tratava de Ranger, eu também tinha quase certeza de que ele sabia que frio não tinha nada a ver com isso.

– Vi Bobby Sunflower sair daqui há 45 minutos. E agora Gritch está aqui – comentei.

Ranger olhou para os fundos do prédio.

– E você acha que o Vinnie pode estar aqui?

– As janelas do segundo andar estão tapadas. Normalmente, eu pensaria que aquelas são as salas de embalsamento, mas Lula viu Bobby Sunflower descer as escadas. – Me estiquei para dentro do jipe e peguei meu casaco. – Não consegui ver nada além das áreas que são abertas aos clientes.

Ranger olhou o relógio.

– Essa hora não tem mais velório. A luz de fora estava apagada quando estávamos na frente do prédio. Podemos esperar aqui por um tempo e ver o que acontece.

Fechei meu casaco e me encostei no jipe com Ranger. Ele não era do tipo de bater papo, e acabei me acostumando com o silêncio. Ficamos daquele jeito por uns dez minutos, até que a porta se abriu e Gritch saiu. Outro homem apareceu na entrada da porta. Ele desligou a luz de dentro e o estacionamento da funerária ficou um breu. Ouvimos a tranca da porta dos fundos e, instantes depois, o barulho de portas de carro abrindo e fechando. Ranger me puxou para longe do jipe, nos escondendo em um prédio. Ele se inclinou e me protegeu com seu corpo. Usava roupa preta como de costume. Camiseta preta, jaqueta preta, calça cargo preta, tênis preto, arma preta. O cabelo era castanho-escuro e sua pele morena-clara. Ranger era uma sombra.

Dois motores de carro foram ligados e os faróis, acesos. O Mercedes passou primeiro. O Lincoln depois. Eles viraram a esquina e seguiram para a rua Stark.

Ranger continuou com o corpo contra o meu, a mão na minha cintura, a respiração constante. Seus lábios roçaram minha orelha, meu rosto e encontraram minha boca, o que produziu uma onda de calor e desejo que preencheu cada parte de mim. Já que estávamos parados em uma rua pública em uma parte da cidade com possíveis assassinos noturnos, suspeitei de que não passaria de um beijo.

– Está brincando comigo? – perguntei.

– Sim – ele respondeu. – Mas isso pode mudar.

Senti meus dedos se enrolarem na sua camisa e fiz um esforço para tirá-los. Fiquei alguns centímetros afastada dele e alisei o amassado que tinha feito com os dedos.

– Preciso encontrar o Vinnie – falei.

Ranger olhou para o prédio.

– Vá para o carro e tranque as portas. Vou entrar e dar uma olhada.

– A funerária certamente tem alarme.

– Mesmo com o melhor sistema de alarme, existe um intervalo de dez a vinte minutos antes que alguém responda. E nessa parte da cidade, o tempo de resposta é muito maior... se existir.

Ranger correu para a porta dos fundos e em fração de segundo destrancou a porta. Deslizou para dentro e, alguns minutos mais tarde, ouvi o alarme disparar. Segurei o volante e fiquei vigiando o prédio, tomando conta do tempo. Cinco minutos se passaram. Dez minutos. Meus dentes estavam enfiados no lábio inferior e eu pensava *saia logo, saia logo, saia logo!* A porta se abriu aos catorze minutos. Ranger apareceu sozinho e correu de volta para o carro.

– Vou seguir você até sua casa – ele disse. – Não quero conversar aqui.

Desci o meio-fio e, ao chegar à esquina, o Strech Lincoln parou em frente à funerária e três homens saíram e foram até a porta da frente. Ranger e eu passamos direto e continuamos pela Stark.

Ranger me acompanhou até meu apartamento e entrou.

– Obviamente, a Melon's não é o cativeiro do Vinnie – eu disse a ele.

– A sala de embalsamento fica no porão, e o que tem lá não é bonito. Os cômodos de cima estão sendo usados para guardar dinheiro. Tem uma mesa de contagem de dinheiro e um cofre em um dos cômodos. Os outros servem de depósito. Nenhum sinal do Vinnie.

– E Mickey Gritch? Ele fez outras paradas?

– Verifiquei com o Chet. Mickey Gritch foi direto pra casa depois do Melon's. Parece que ele não vai sair mais.

Ranger abriu meu casaco.

– Nós podíamos ficar em casa também.

Dei um passo para trás.

– Você está caseiro hoje?

Os cantos da sua boca se esticaram no menor dos sorrisos.

– Estou me sentindo amigável.

Ele encurtou a distância entre nós, tirou a bolsa do meu ombro e seu foco saiu de mim para a bolsa.

– O que você está carregando? – perguntou. – Essa bolsa está pesada.
– É a garrafa.
Tirei a garrafa do tio Pip da bolsa e coloquei no balcão da cozinha. Rex saiu da sua casa feita de lata de sopa e olhou pelo vidro da garrafa. Seus olhos pretos e redondos brilharam, os bigodes se movimentaram e ele colocou dois pezinhos rosados ao lado da gaiola. Piscou uma vez, virou-se e correu de volta para a lata de sopa.
– Por que você está carregando essa garrafa? – Ranger perguntou.
– É uma herança do meu tio Pip. Parece que dá sorte, e Lula decidiu que precisávamos andar com ela... por precaução.
Ranger abriu um sorriso.
– Não pode fazer mal – ele disse.
– Bem, não me trouxe nada de bom esta noite.
– A noite não acabou. Você ainda pode se dar bem.

Sendo agente de cumprimento de fianças, quase nunca preciso ajustar meu alarme. Os criminosos estão em ação 24 horas por dia, então posso escolher o horário que desejo sair para caçar. Lula geralmente aparece no escritório por volta das nove, e eu costumo chegar depois dela. Hoje de manhã, não foi diferente.
Mandei Ranger para casa cedo na noite anterior, depois de decidir que não estava pronta para aquele tipo de sorte. Uma noite com Ranger era tentadora, mas me custaria muito. Meu relacionamento com Morelli estava no modo de espera. Depois de uma discussão pela manhã na cozinha dele, umas duas semanas atrás, concluímos que não seria uma má ideia se saíssemos com outras pessoas, mas a realidade é que não estávamos fazendo isso. Eu até conseguia flertar e talvez beijar alguém, mas não me sentia nada confortável em ir além disso com outro homem agora.
– E aí, garota – Lula disse do sofá do escritório. – O que temos pra hoje?

— Dirk Galeão e um drogado chamado Machadinha.
— E Vinnie — Connie acrescentou.
— É — respondi. — E Vinnie.
— Você tem alguma pista? — Connie perguntou.
— Sei onde ele não está — respondi. — Gostaria do endereço do melhor amigo do Dirk, Ernie Wilkes. Ainda tenho uma senhora Galeão sobrando. Se ela não for útil, vou falar com Ernie.

Connie digitou uns códigos no computador e o endereço de Ernie apareceu. Ela o escreveu em um pedaço de papel e me entregou.

— Ele é aposentado da fábrica de botões, então deve estar em casa.

O telefone tocou e Connie atendeu.

— Sim — ela disse. — Sim, sim, sim. Estou indo para aí.

Ela desligou e pegou sua bolsa.

— Preciso pagar a fiança do Jimmie Leonard. Isso significa que devo trancar o escritório por uma hora até voltar.

— Poderíamos ficar aqui e atender o telefone — disse Lula.

— De jeito nenhum — retrucou Connie. — Quero vocês lá fora procurando por Vinnie. Não posso ser agente de escritório e afiançar pessoas ao mesmo tempo. Sei que Vinnie é um nojento, mas ele tem seu peso aqui... pelo menos de vez em quando.

Connie e Vinnie eram os únicos que tinham autorização para executar as fianças que liberavam as pessoas da prisão enquanto esperavam pelo dia do julgamento. Eu trabalhava como caçadora de recompensas do escritório e assinava contratos individuais que me permitiam capturar criminosos que não compareciam ao tribunal na data marcada. Lula não tinha autorização para nada, então ela fazia o que desse na telha.

Connie saiu para o tribunal e Lula e eu entramos no jipe. Stella Galeão morava no norte de Trenton. Ernie Wilkes e sua esposa moravam a alguns quarteirões de Stella. Bom negócio para mim. Estava com pouco dinheiro para gasolina e desanimada com a ideia de dirigir até o fim do mundo para encontrar o Sr. Garanhão. Peguei a rua Olden em direção à rua Bright e virei na Cherry. Estacionei em frente à casa de Stella, e Lula e eu saímos e fomos até a porta.

– Agora sim. Era disso que eu estava falando – Lula disse. – Essa parece a casa de um bígamo.

Era uma casa estreita de dois andares. Estava pintada de lavanda com acabamento rosa. Por que Lula achava que bígamos deveriam morar em uma casa de cor lavanda é um mistério.

– É – respondi. – Com certeza parece a casa de um bígamo.

– Estou com grandes expectativas a respeito dessa esposa – Lula disse.

Stella Galeão atendeu a porta com calças de stretch de cor lavanda, sapatos de salto baixo e uma blusa apertada com estampa florida que mostrava uma boa porção do seio superbronzeado com pele enrugada. Ela usava anéis e brincos grandes, muita maquiagem e o cabelo tinha uma leve tonalidade de amarelo-canário, arrumado em um estilo anos 70.

– Uau – disse Lula. – É igual Soul Train para terceira idade.

Stella inclinou-se para frente.

– O que foi, querida? Minha audição está horrível. Estou toda entupida de cera. Estava a caminho do médico.

– Estou procurando por seu marido – eu disse a Stella.

– O quê?

– Seu marido.

– Não, obrigada – ela disse. – Não estou precisando.

– Deve ser *muita* cera – disse Lula.

– Dirk! – gritei. – Onde está Dirk?

– Dirk! Não sei. Não dou a mínima – respondeu. – Estou seguindo em frente. Vou arrumar um novo brinquedinho. Dirk era muito velho pra mim.

— É esse o espírito — comentou Lula.
— O quê? — Stella gritou. — O que você disse?

Lula e eu nos despedimos dela gritando, voltamos para o carro e fomos até a casa de Ernie. Eu não achava que Dirk estivesse morando lá, mas achei que talvez Ernie estivesse em contato com ele.

— Que horas são? — Lula perguntou. — Acho que preciso de um donut. Está na hora de donut?

— Estava pensando em algo mais saudável — falei. — Mais legumes e menos donuts.

— E por quê?

— Não sei. É só uma ideia que tive.

— Uma péssima ideia. Tenho cara de quê? De vegetariana? Como iria soar se eu dissesse que era hora de legumes? As pessoas iriam pensar que eu estava louca. Ninguém tem desejo por legumes. E eu estou fazendo a dieta de uma coisa de cada. O que vou fazer com uma cenoura ou um aspargo? Eles não melhoram o humor, se é que você me entende.

— Eu entendo, mas não há donuts entre a casa de Ernie e onde estamos.

— Acho que eu posso esperar. E talvez você esteja certa sobre comida mais saudável. Vou pedir um donut de cenoura.

Dirigi um quarteirão, parei o carro e liguei para o Ernie. Tinha um pressentimento de que ele ajudaria mais se estivesse longe da esposa. Eu achava que a esposa não ficaria feliz em saber que ele ainda estava mantendo amizade com Dirk, o bígamo.

Ernie atendeu e eu me apresentei.

— Sua esposa está em casa? — perguntei.

— Sim — ele disse.

— Ela ficaria chateada se soubesse que você ainda é amigo de Dirk Galeão?

— O que você quer?

– Posso bater à sua porta e falar com você na frente de sua esposa ou podemos nos encontrar em algum lugar por alguns minutos. Preciso encontrar o Dirk.
– Tudo bem.
– É só sair de carro ou a pé e eu sigo você.
– Está bem.
E desligou.
Cinco minutos depois, um carro saiu da garagem dos Wilkes e seguiu para Olden. Parou depois de três quarteirões e Ernie Wilkes saiu.
– Não sei nada sobre Dirk Galeão – disse Ernie. – Nós éramos amigos, mas não tenho mais contato com ele.
– Quando foi a última vez que falou com ele? – perguntei.
Ernie hesitou um pouco.
– Faz muito tempo.
– Tente outra vez – insisti.
Ernie suspirou.
– Alguns dias atrás. Ele tem uma nova esposa. Pelo menos me disse isso.
– Você sabe o nome dela? Sabe onde ela mora?
– O nome dela é Dolly. Eu não sei o sobrenome. Ele disse que se conheceram no Centro para idosos em Greenwood. E que ela tinha uma casa lá perto.
– Dirk tem uma casa só dele?
Ernie balançou a cabeça.
– Não que eu saiba. Ele sempre morou nas casas das esposas. Vou dizer uma coisa, ele é uma figura.
Agradeci ao Ernie, deixei meu cartão com ele, e Lula e eu pegamos a Olden em direção a Greenwood.
– Espere aqui – Lula disse. – Tem uma confeitaria à direita e eu aposto que eles têm donuts saudáveis, como rosquinha de farinha integral e feijão-verde.

SEIS

Parei o carro no pequeno estacionamento e esperei enquanto Lula corria lá para dentro. Estava com o vidro abaixado, meio aérea, olhando para a confeitaria, sem pensar em nada. Minha pele da nuca ficou arrepiada e uma onda de calor invadiu meu estômago. Senti um cheiro de gel para banho da Bulgari Green e entendi a razão do calor. Ranger.

Ele se inclinou para falar comigo pela janela aberta.

– Tem um problema no escritório de Atlanta – ele disse. – Estou a caminho do aeroporto. Devo voltar amanhã. Até lá, ligue para Tank, se precisar de ajuda. Pedi para Chet passar as rotas de Gritch diretamente a você.

Tank era o próximo no comando depois de Ranger. Era o cara que o protegia. Seu nome já dizia tudo.

– Obrigada – respondi. – Tome cuidado.

Ranger sorriu com essa recomendação. Difícil dizer se estava sorrindo porque alguém se importava o suficiente para recomedar cuidado ou se achou a atitude engraçada.

Minutos após Ranger ter ido embora, Lula entrou de volta no jipe.

– O melhor que consegui foi mirtilo – ela disse. – Eles não tinham donuts de legumes. Pedi um com recheio de geleia de morango, um de abóbora picante e um *scone* de banana. Espere um pouco. Abóbora é um legume? Isso conta?

– Deve haver umas oitocentas calorias nesse saco.

– É, mas pela dieta eu posso comer um de cada coisa.

— Um donut! Não um de cada sabor.
— Você não tem certeza disso — retrucou Lula.
— Já perdeu algum peso com essa dieta?
— Não. Ganhei alguns quilos, mas acho que é retenção de líquido.

O Centro para idosos é um casarão antigo que foi reformado para acomodar um bingo. Abre dia e noite e cheira a biscoito de água e sal. Aprendi com a experiência que é melhor parar o carro em um perímetro distante do estacionamento. Pelo menos metade dos idosos que vem para o jogo de cartas ou para o bingo é oficialmente cega devido à degeneração macular e estaciona usando os para-choques para calcular a distância.

Deixei Lula no jipe com os donuts e atravessei o estacionamento direto para a administração depois da porta de entrada do Centro. Havia uma senhora de jaleco turquesa na mesa. Ela olhou para mim e sorriu.

— Sim, querida. Posso ajudar?
— Estou procurando Dolly, uma amiga da minha avó.
— Deve ser Dolly Molinski. Ela não está aqui agora. Na verdade, faz tempo que não a vejo.
— Sabe onde ela mora? Tem o telefone dela?
— Não, acho que não. Não temos nenhuma informação. Sei que ela mora aqui perto, porque costumava vir a pé quando o tempo estava bom.

Voltei para o jipe e liguei para Connie.
— Dolly Molinski — falei. — Pode me arrumar algum endereço?
Alguns minutos depois, Connie voltou.
— Ela está na rua Stanley, número 401.
— Não sei onde fica. Estou no Centro para idosos. Pode me dar as direções?

– Fica a duas quadras daí. Pegue a Applegate em direção à Stanley.

Dirigi dois quarteirões pela Applegate, entrei na Stanley e estacionei em frente ao 401. Era uma casa branca pequena e arrumada com um gramado estilo cartão-postal presidido por um gnomo de noventa centímetros. Lula e eu caminhamos até a porta da frente e eu bati. A porta se abriu e uma senhora não muito mais alta do que o gnomo olhou para mim. Tinha cabelo branco e curto, um rosto redondo e simpático e usava calças de ioga rosa-choque e uma camisa de manga curta combinando.

– Sim? – ela perguntou.

– Estou procurando Dirk Galeão. Ele está?

– Sim – ela respondeu. – Mas está dormindo. Sinceramente, não sei como alguém pode dormir tanto como ele. Já fui pra minha aula de tai chi, coloquei um guisado pra cozinhar em fogo baixo e dei comida para os gatos.

– É importante que eu fale com ele. A senhora pode acordar seu marido?

– Posso tentar, mas ele dorme bem pesado.

Ela se apressou e Lula e eu entramos na sala de estar. Era cheia de móveis e gatos. Tinha um gato laranja no sofá, um listrado perto do laranja, um preto no encosto de uma cadeira e um malhado esparramado no chão.

– Tem gato por todo lado – disse Lula. – Sou alérgica a gatos. Vou ter uma crise alérgica.

Dolly apareceu novamente.

– Ele ainda está dormindo. Talvez vocês possam voltar outro dia.

– Dirk! – gritei. – Agente de fianças. Preciso falar com você.

Nenhuma resposta.

– Tem certeza de que ele está aqui? – perguntei a Dolly.

– Claro que está. Hoje é terça. Não quero ser rude, mas estou muito ocupada. Já estou atrasada com minhas coisas. Tenho caixas de areia de gato para limpar, preciso levar o carro para a oficina e encontrar as garotas no almoço.

– Você se importaria se eu desse uma olhada? – perguntei.

– Não, vá em frente. Eu o acordaria, mas não tenho tempo. Ele é um homem maravilhoso. Ele joga bingo como poucos, mas pela manhã é mole que nem pudim. O quarto fica lá atrás.

Passei por Dolly em direção ao quarto, tirando os gatos do caminho enquanto andava. Podia ver Lula pelo canto dos olhos, espantando os gatos, tampando o nariz.

Entramos devagar no quarto e olhamos para Dirk.

– Opa – Lula disse.

Mordi o lábio inferior.

– Há quanto tempo Dirk está dormindo assim? – gritei para Dolly.

– Desde ontem à noite. Ele foi cedo para a cama. Disse que estava com indigestão.

Tirei o celular da bolsa e liguei para a emergência.

– Precisamos de um policial na rua Stanley, número 401. E uma ambulância, com a sirene ligada.

– Algo errado? – Dolly perguntou.

– Lamento muito, mas tenho quase certeza de que ele está morto – respondi.

Dolly olhou de perto para Dirk e o cutucou.

– É, ele está mesmo morto. Droga, esse é o terceiro marido que morre nesse ano. Preciso começar a casar com homens mais novos. Ainda bem que não adotei o sobrenome dele. A burocracia é horrível. – Ela acariciou uma mecha de cabelo de Galeão. – Ele era divertido. Vou sentir sua falta nas segundas e nas terças.

Lula espirrou.

– Malditos gatos. Preciso dar o fora daqui. Sou alérgica a quase tudo nesta casa... Gatos e pessoas mortas. E daqui a pouco vai ficar cheia de policiais.

Dolly olhou para o relógio.

– Acho que devo cancelar a oficina.
– Deve mesmo – Lula confirmou. – Mas se corrermos, você ainda pode conseguir almoçar.
– Acho que deveríamos sair e esperar pela polícia – Dolly disse. – Eles nunca encontram essa casa. Não sei por quê. É a casa que tem o gnomo, pelo amor de Deus.
– Acho que você está ficando boa nisso – Lula disse.
– Meu marido antes de Dirk morreu há cinco meses, que Deus o tenha. E antes dele teve o George.
Nós três fomos para o lado de fora da casa e ficamos sob o sol da manhã.
Um carro de polícia parou atrás do meu jipe e Carl Constanza e Big Dog saíram. Carl e eu fizemos comunhão juntos, e ele era amigo de Morelli.
Ele olhou para mim e sorriu.
– Acho que isso vai ser bom – ele disse.
– Tenho um DDC morto aqui – falei.
– Você o matou?
– Não. Parece que foi morte natural, mas não sei de quê. Dolly disse que ele não estava acordando.
Carl colocou as luvas de borracha.
– Vai precisar de mais do que luvas lá dentro – disse Lula. – Tem gatos. – Ela espirrou e soltou um pum. – Foi mal – disse.
Uma ambulância virou a esquina e Big Dog acenou.
– Vou à delegacia mais tarde para pegar a papelada – falei para o Carl.
– Não precisa correr. Preciso terminar a minha primeiro.
– Sinto muito pela sua perda – eu disse a Dolly.
– Obrigada – respondeu. – Foi um prazer conhecer vocês.
Lula e eu voltamos para o jipe e peguei o caminho de volta para Greenwood.
– Isso foi desmotivante – disse a ela.

– É. Foi frustrante depois de esperar todo esse tempo para ver o bígamo.

– Não sei dizer se é mais deprimente Dirk ter morrido ou Dolly não saber que ele estava morto.

– Eu tenho uma visão filosófica sobre essas coisas, já que sou uma observadora da natureza humana – Lula disse. – Acho que você deve ter uma atitude correta nessa situação. Veja a Dolly, por exemplo. Ela ia tentar ir ao almoço, o que é bom, porque a vida continua. E, mesmo morto, Dirk parecia estar sorrindo.

– Ele realmente parecia ter morrido sorrindo.

– Viu, é tudo parte do ciclo da vida – Lula disse. – E logo, logo estaremos mortas também, mas você vai primeiro porque é mais velha do que eu.

– Você tem algum donut sobrando? Preciso de um.

– Comi tudo, mas podemos parar na confeitaria de novo. Eles têm uns cupcakes *red velvet* que eu tenho quase certeza de que são feitos de suco de beterraba. Isso ou corante vermelho 13.

Virei à esquerda para a confeitaria e comprei um donut com glacê branco e confeitos coloridos.

– Este é um donut feliz – disse a Lula.

– Com certeza. Mas nunca vi um donut triste.

Comi meu donut e me senti muito melhor, então desci pela Greenwood em direção à Hamilton, passei no escritório e segui para os prédios públicos perto do rio. Era hora do almoço, e achava que Mickey Gritch poderia estar por lá, tentando receber algumas apostas ilegais.

– Caramba – Lula disse quando parei o carro no estacionamento do 7-Eleven, na Marble. – Você não vai fazer o que estou pensando, vai?

– Vou falar com Mickey Gritch.

Localizei o carro dele, parado perto do estacionamento. Nenhum outro carro em volta. Era cedo. Ainda não estava na hora do almoço. Parei ao lado dele, e ele abaixou o vidro fumê. Mickey

Gritch tinha cabelo louríssimo cortado em estilo anos 60, como os Beatles. Tinha pequenos olhos de porco que estavam sempre escondidos atrás de óculos escuros, uma grande cabeça de batata e um corpo flácido. Estava com quarenta e tantos anos e era a prova viva de que qualquer um podia ser bem-sucedido no crime em Trenton se realmente se esforçasse.

– Que foi? – Mickey Gritch me perguntou.

– Quero falar com você sobre o Vinnie.

– Que é que tem ele?

– Ninguém quer arrumar o dinheiro.

– Não estou surpreso. Ele é um merda. Não me leve a mal, eu gosto dele. Fizemos negócios juntos durante muitos anos. Mas mesmo assim ele é um merda.

– Talvez possamos fazer um acordo.

– De que tipo?

– Do tipo que você não o mata, e ele faz um plano de pagamento da dívida.

– Olhe, se dependesse de mim, tudo bem. Mas não depende. Eu não tenho mais nada a ver com isso. Agora é negócio do Bobby Sunflower, e é mais complicado do que você imagina.

– Complicado quanto?

– Só complicado. Não sei. Não quero saber. Tem gente ruim envolvida. Muito pior que Bobby Sunflower – ele se inclinou um pouco. – Aquela é a Lula? E aí, mulher.

– Não vem com essa de "e aí mulher" – Lula disse. – Vou ficar sem emprego se eles acabarem com Vinnie, e então? Tenho contas pra pagar, tenho um padrão de vida.

– Eu arrumo um emprego pra você – Gritch disse.

– Hum – Lula respondeu. – Não quero mais aquela vida, sua linguicinha polonesa de merda.

O vidro fumê do Mercedes do Gritch se fechou. Liguei o jipe e saí do estacionamento.

SETE

—As coisas estão indo bem hoje – Lula disse. – Ainda nem atiraram na gente. Você trouxe a garrafa?
– Não, deixei em casa.
– Imagine se estivesse com ela.
– Estou com o arquivo do Machadinha na bolsa – falei. – Pode pegar e ler pra mim o endereço? Acho que ele está indo para o sul da Broad.
– Não sei se quero ir atrás de alguém que chamam de Machadinha – disse Lula. – Imagina se ele tem esse nome por cortar os dedos dos outros. Não quero perder nenhum dos meus. Não iria poder usar sandália e isso limitaria minhas opções de vestimenta.
– O arquivo diz alguma coisa sobre cortar dedos?
Lula folheou o arquivo.
– Não. Seu nome verdadeiro é Mortimer Gonzolez, mas diz aqui que todo mundo o chama de Machadinha. E diz também que ele tem um animal de estimação chamado Sr. Sininho, e que é melhor ter cuidado com o bicho. Espero que não seja um gato. Parece nome de gato. Só de pensar nisso meus olhos começam a coçar.
– Ele tem antecedentes?
– Vários. Todos iguais, todos por tráfico de drogas. Não vejo nenhum assalto à mão armada aqui. Parece que ele é empresário. Média gerência.
– Connie incluiu um mapa?
– Sim. Você tem que entrar à direita na rua Cotter.

Desci a Broad pensando em Mickey Gritch. Ele disse que estava fora daquilo. Eu esperava que não estivesse tão fora a ponto de não me levar até Vinnie. E o que diabos ele quis dizer quando falou que era complicado e que pessoas ruins estavam envolvidas? Eu achava que isso fosse uma simples dívida de jogo.

– Ei! – Lula disse. – Você passou da rua.

Dei meia-volta e entrei na Cotter.

– Estava pensando sobre a conversa que tive com Gritch. Quanta maldade você teria que fazer para ser pior do que Bobby Sunflower?

– Estou entendendo – Lula disse. – Acho que o Vinnie se meteu numa encrenca das grandes dessa vez.

Desci um quarteirão na Cotter e Lula verificou os números.

– Aqui – ela disse. – Ele está morando em cima dessa distribuidora de produtos para encanamento. Deve ser um *loft*.

A Cotter era uma mistura esquisita de rua industrial e residencial. Casas de baixa renda misturavam-se a oficinas de montagem de carrocerias, pequenos armazéns e uma variedade de empresas de fornecimento de materiais de construção. Dei a volta no quarteirão para ver se era cortada por um beco. Acontece que era, então dirigi pelo beco e parei atrás da distribuidora, olhando para o segundo andar do prédio.

– O que vai ser dessa vez? – Lula perguntou. – A garota dos biscoitos? Entregadora de pizza? Pesquisa do Censo?

Escadas levavam a um pequeno deque e a uma porta dos fundos. Até onde eu sabia, essa era a única entrada.

– Estou com vontade de subir e chutar a porta – comentei.

– Eu também. Essa seria a minha próxima sugestão. – Lula me examinou com os olhos. – Você aprendeu a derrubar portas com um chute?

– Não. Pensei que você pudesse fazer isso.

— Estou usando sapatos de puta de dez centímetros. Não posso chutar uma porta com eles. Não foram feitos pra isso. Você precisa de botas pra derrubar uma porta. Todo mundo sabe disso.

— Então acho que nós teremos que tocar a campainha e nos identificar.

— Tanto faz — disse Lula.

Estacionei atrás de um furgão Econoline enferrujado, e nós duas saímos e subimos as escadas que davam para o deque. Não havia campainha, então bati na porta. Sem resposta. Bati outra vez. Ainda nada. Peguei meu celular e liguei para o número do Machadinha. Dava para escutar o telefone tocar lá dentro, mas ninguém atendeu.

— Muito ruim não sabermos como derrubar a porta com um chute — Lula disse. — Ele pode estar escondido embaixo da cama.

Fiquei na ponta dos pés, apalpei o batente da porta e encontrei uma chave.

— Se eu morasse nesse bairro e tivesse um monte de dinheiro do tráfico e drogas escondidas aqui, teria mais cuidado com minha chave — Lula disse.

— Talvez ele tenha um sistema de alarme.

Coloquei a chave na fechadura, prendi a respiração e abri a porta. Nenhum alarme. Olhei em volta procurando um teclado de alarme. Nenhum à vista.

— Acho que ele é uma daquelas pessoas que confiam nas outras — comentou Lula. — É algo revigorante nos dias de hoje. Principalmente no mundo do crime.

Estávamos de pé em um grande cômodo com uma cozinha simples de um lado, com mesa e quatro cadeiras, e mais além, um sofá e duas poltronas em frente a uma grande TV de tela plana. Havia uma porta à direita, que deduzi ser a do quarto.

— É impressionante como um criminoso pode ser tão normal — Lula disse. — Parece um apartamento de uma pessoa qualquer.

Claro que é preciso vender drogas para manter um lugar assim tão grande, mas, tirando isso, você tem que admitir que é bem normal. – Ela olhou em volta. – Não estou vendo o Sr. Sininho. E não acho que seja um gato, pois não estou espirrando. Aposto que é um cachorrinho fofinho ou algo do tipo.

– Não vejo nenhuma vasilha ou brinquedo de cachorro.

– Aqui, Sr. Sininho – Lula chamou. – Vem cá, garoto! Sr. Sininho, vem aqui com a Lula.

Houve um rugido atrás do sofá e um jacaré de quase dois metros saiu rastejando, olhou para Lula e deu o bote.

– Aiiii! – Lula disse, tropeçando e batendo em mim. – Me ajude! Cuidado. Saia da minha frente!

Eu estava no meio da sala como uma estátua, Lula agarrada em meus calcanhares, me empurrando para fora, batendo a porta atrás de nós.

– Acho que me borrei toda – Lula disse. – Parece que eu me borrei?

Eu estava além das minhas forças para ver se ela havia se borrado. Minha mão estava sobre o coração e minha boca aberta puxando ar, o coração batendo tão forte no peito que a minha vista estava embaçada.

– Acho que terminamos por aqui – eu disse.

– Com certeza. Não se esqueça de colocar a chave de volta ou o Machadinha não vai conseguir entrar para alimentar o Sr. Sininho.

Coloquei a chave no lugar e o jacaré bateu contra a porta dentro do apartamento de Machadinha. Descemos as escadas voando, pulando alguns degraus, as duas deslizando o traseiro pela metade do caminho. Ficamos de pé, o bicho bateu de novo contra a porta e nós saímos correndo e gritando até o jipe.

Dez minutos depois, estacionei atrás do Firebird da Lula em frente ao escritório de fianças.

– Acho que é por isso que o Machadinha não precisa de um sistema de alarme – disse, finalmente encontrando minha voz.

– Que tipo de homem cria um jacaré dentro de casa? Isso está errado. Onde ele faz as necessidades? Já pensou nisso? E foi muito atrevimento dar um nome tão fofinho como Sr. Sininho. É um nome enganador. E, de qualquer forma, foi tudo sua culpa, porque deixou sua garrafa em casa.

Meu telefone tocou, e era Morelli.

– Preciso falar com você – disse. – Fiquei com o fiasco do Sr. Garanhão. Tenho certeza de que a autópsia vai revelar causas naturais, mas preciso preencher a papelada. Se você me encontrar no Pino em dez minutos, pago seu almoço.

– Fechado.

– O que foi? – Lula quis saber.

– Almoço com Morelli. Ele ficou com o caso do Sr. Garanhão, e está com minha papelada.

O Pino serve comida italiana estilo Burgo. Pizza gordurosa que você tem que dobrar para comer, sanduíches de almôndega e de salsicha, espaguete ao molho de tomate, salada sem graça com alface-americana e tomates pálidos, cerveja e vinho tinto de mesa. Tem um bar de mogno escuro e esculpido e uma área com mesas para as famílias e os casais que não querem assistir ao hockey na televisão que fica pendurada em cima de uma coleção de licores.

Morelli esperava por mim em uma mesa, escolhendo não se distrair pelos VTs da ESPN na televisão do bar. Tinha uma Coca e uma cesta de pães à sua frente.

Pedi um sanduíche de frango à parmegiana e uma Coca, e ele um sanduíche de salsicha. Quando a garçonete saiu, Morelli me entregou uma pilha de papéis.

– Não preciso disso com tanta urgência – ele disse. – Mas sei que você tem que entregar os papéis pra receber sua recompensa.

Enfiei os papéis na bolsa.

– Foi um choque encontrar Galeão morto daquele jeito.

– É, mas na verdade ele parecia feliz.

– Ele gostava de estar casado.

Morelli sorriu.

– Ele gostava *demais* de estar casado.

– Tenho uma pergunta hipotética pra você. Se Bobby Sunflower estivesse metido com alguém pior do que ele, quem seria?

– Tenho algumas pessoas em mente. Você pode ser mais específica?

– Suponha que Vinnie também estivesse metido com isso.

– Isso não ajuda muito. Vinnie estava metido em muita coisa ilegal. Prostituição, aposta, drogas recreativas. Em sua defesa, preciso dizer que ele só comprava e nunca vendia.

– Vamos ficar só na aposta.

– É difícil. Eu acho que Bobby Sunflower guardaria isso só pra ele. – Morelli pegou um *breadstick* da cesta. – Estou achando que isso não tem nada de hipotético. Você quer me contar alguma coisa?

– Você é policial, é melhor não saber.

Morelli se inclinou para trás na cadeira e fixou os olhos em mim. Estava sério.

– Se você estiver em perigo, espero que me conte.

– Estou bem. Tirando um encontro com um jacaré hoje de manhã, está tudo sob controle.

– Você foi ao zoológico?

– Rua Cotter.

– Imagino que esteja falando do jacaré do Machadinha. Qual o tamanho dele agora?

– Deve ter uns dois metros.

– Nunca vi o bicho, mas já ouvi histórias.
Passei manteiga em um pedaço de pão.
– Ele é pré-histórico. Me deu um baita susto. Saiu de trás do sofá e avançou na Lula. Nós saímos correndo e caímos na metade da escada, e eu gritei até chegar ao carro. Agora que estou pensando nisso, foi meio embaraçoso.
– Você prendeu o Machadinha?
– Não, ele não estava em casa.
– Mas deixou a porta aberta?
– Algo do tipo – respondi.
Morelli procurou a garçonete.
– Acho que eu devia ter pedido uma bebida.
– Precisando de álcool?
– É, você exerce esse efeito sobre mim. Meu maior medo é um dia eu aparecer para prender alguém e esse alguém ser você.
– Você faria isso?
Morelli desistiu da garçonete e relaxou um pouco a postura.
– Eu colocaria algemas em você.
– E depois? – perguntei.
Sua boca curvou-se em um sorrisinho e seus olhos ficaram maldosos.
– Você quer saber os detalhes?
Minha vez de sorrir.
– Não aqui.
– Você está me provocando – disse Morelli. – Eu gosto disso.
Houve um longo silêncio enquanto nós dois imaginávamos o próximo passo. Seria fácil voltar a ter um relacionamento íntimo com Morelli. Ele era engraçado, sexy e fácil de conviver. E eu gostava do cachorro dele. Mas também podia ser difícil conviver com Morelli. Ele odiava meu trabalho. E insistia em ficar com o controle remoto. Tínhamos um histórico de idas e vindas. Acho que se encaixava no nosso estilo de vida, mas estava criando maus hábitos.

— Você lembra por que nós terminamos? — ele perguntou.
— Você precisava de espaço.
— Eu precisava de torrada. Você comeu a última fatia de pão e não comprou mais.
— Eu estava ocupada. Desculpe.
— Deveria se lembrar dessas coisas, você é mulher.
— Eu deveria me lembrar de torrada?
— É.
— E você? Deveria se lembrar de quê?
— De camisinha.

Essa é a parte assustadora. Isso meio que fazia sentido.

— Então, o que conta de novo, além do Galeão? — perguntei. — Algum assassinato interessante?

— Melhor que o Galeão, impossível. Depois dele, é o mesmo de sempre. Execuções de gangues, homicídio com carros, morte acidental provocada por um objeto qualquer.

A garçonete trouxe os sanduíches e nós os devoramos.

— O que você pode me contar sobre o Machadinha? — perguntei.

— Ele é traficante de média gerência. Costumava fazer a cobrança para Ari Santini. Se você não pagasse a taxa de proteção, Machadinha encurtava seu dedo. Por isso o apelido. Um dia, ele cortou um dedo errado e teve a mão esmagada por um taco de baseball. Por causa disso, ficou com dificuldades de manusear ferramentas de corte; então foi jogado para o setor de vendas.

Ah, ótimo. Lula estava certa.

— Alguma ideia de como pegar esse cara? — perguntei.

— Eu evitaria o apartamento dele.

Um pouco de molho caiu do meu sanduíche e foi parar na minha blusa.

— Droga — eu disse, olhando para o molho.

Os olhos de Morelli escureceram um pouco e por um instante pensei que ele fosse lamber o molho. E eu não tinha certeza se era porque ele queria o molho ou porque o molho estava em meu seio.

– Já percebi que devo evitar o apartamento dele – falei, limpando minha blusa com o guardanapo. – O que mais?

– Não sei. Ele não é do meu círculo de amigos. – Morelli digitou um número no celular e perguntou sobre o Machadinha. Desligou, anotou alguns endereços no guardanapo e me deu.

– No meio da manhã ele estará no centro – disse Morelli. – Ele circula muito, mas fica geralmente na parte baixa da Stark. Dirige um Lexus preto. Tem uma rotina de almoçar em alguns lugares de fast-food perto do estádio. Aí vai para casa guardar dinheiro e empacotar mais coisa. Ele fica em algum ponto perto da praça de alimentação no Shopping Quakerbridge no início da noite e depois vai para um estacionamento multiplex. Geralmente na Hamilton Township.

– Ele vai a muitos lugares.

– É, ele é rápido.

– E o jacaré protege as drogas e o dinheiro?

– Parece que sim.

– Duas perguntas. Se vocês sabem onde ele vende drogas, por que não o prendem?

– Nós já fizemos isso. Ele está sob fiança. E não é assim tão fácil. Ele é sorrateiro.

– Tudo bem. Segunda pergunta: por que ninguém vai ao apartamento dele, atira no jacaré e pega as drogas e o dinheiro?

Morelli parou de comer e olhou para mim.

– Você não está pensando em fazer isso, né?

– Claro que não. Foi uma pergunta hipotética. Sinceramente, você acha mesmo que eu atiraria em um jacaré?

– Não – Morelli respondeu. – Mas a Lula atiraria.

– A Lula não conseguiria acertar um jacaré mesmo que já estivesse morto a um metro dela. Posso atirar com os olhos fechados que sou melhor do que ela.

O telefone de Morelli tocou e ele olhou o visor.

– Tenho que ir – disse.

– Aconteceu algo ruim?

– Sou um detetive de homicídios. Se estão me bipando, nunca é bom. – Ele se levantou e deixou uns trocados na mesa. – Isso deve dar. Se você se sentir sozinha, me ligue.

– Que tipo de convite é esse? – perguntei.

– Eu estava tentando ser amigável sem pressionar.

Saí de trás da mesa e fiquei ao lado dele.

– Você conseguiu.

OITO

Parei em casa para trocar a blusa, e no último instante resolvi pegar minha garrafa. Que mal teria carregá-la por aí, certo? Saí do apartamento e passei pelo escritório de fianças com direção ao estádio. Cruzei a área em volta do estádio, procurando o Lexus do Machadinha, olhando para todos os restaurantes fast-food que a fonte de Morelli indicara. Fiquei por lá até as duas horas sem ver um único SUV Lexus preto. Peguei a Broad em direção à Cotter e dirigi pelo beco atrás do apartamento do Machadinha. O SUV preto estava estacionado no pequeno quintal. Machadinha estava em casa com o Sr. Sininho.

Voltei para a Broad e estava quase na Hamilton quando Chet ligou.

– Gritch saiu do 7-Eleven e atravessou o rio. Ele está em uma casa isolada a uns oitocentos metros da rodovia Lower Buck's. Já faz dez minutos que está lá. Estou programando no seu sistema de navegação.

– Obrigada, vou verificar.
– Precisa de reforço?
– E eu tenho escolha?

Houve uma longa pausa.

– Não – Chet finalmente respondeu.

Eu costumava me incomodar com Ranger monitorando cada movimento meu, mas acabei me acostumando e, na maioria das vezes, consigo até ignorar. A verdade é que eu não sou tão boa como caçadora de recompensas, e a superproteção do Ranger já salvou minha vida mais de uma vez.

Parei no escritório de fianças para pegar Lula e dei de cara com Walter Moon Man Dunphy saindo do sebo ao lado do escritório. Mooner tem minha idade, mas mora em um planeta completamente diferente. Ele é magro, cabelo castanho na altura dos ombros, dividido ao meio. Estava usando uma camiseta antiga do Metallica, jeans com rasgos nos joelhos e tênis Chucks preto e branco.

– Garota – Mooner me disse. – Quanto tempo. Como vai a vida?

– Bem – respondi. – Novidades?

– Estou de casa nova. *El loco mobile casa.*

Levei um tempo para perceber que ele falava sobre o trailer enferrujado no meio-fio.

– Você está morando nesse trailer?

– Afirmativo. Muito legal, não é? E o feng shui é excelente. Tipo, se eu estiver recebendo vibrações ruins, é só estacionar essa gracinha em uma direção diferente. E eu tenho uma antena, então não precisei desistir da minha posição na Aliança Cósmica.

Eu não fazia ideia do que ele queria dizer com Aliança Cósmica, e também não queria perder tempo perguntando.

– Isso é ótimo – respondi. – Preciso trabalhar agora.

– É, eu também.

– Você está trabalhando?

– Tenho que sustentar o Ônibus do Amor. Ele não funciona com ar, cara.

– O que você está fazendo?

– Levo cachorros pra passear. Eu pego, levo para o parque, eles fazem as necessidades e levo de volta pra casa.

Ele me deu um cartão. AURA DE OURO – SERVIÇO PARA CÃES. Feliz É Aquele Que Faz.

– Legal.

– Sou um baita empresário – Mooner disse. – É um dom.

Guardei o cartão no bolso e fui para o escritório.

– Gritch está em uma casa no condado de Bucks – falei para Lula. – Vou lá dar uma olhada. Quer ir comigo?

– Claro – ela respondeu. – Não tenho nada melhor pra fazer mesmo.

– Que tal arquivar? – sugeriu Connie.

– Arquivar não é melhor – retrucou Lula. – Me deixa com câimbra no cérebro. Particularmente, acho que você devia jogar todas essas pastas fora. Nunca consultamos. Pra que servem? Quando foi a última vez que você olhou uma delas?

– Eu olharia se conseguisse encontrar alguma coisa – Connie disse e virou-se para mim. – Falando em pastas, tenho uma nova pra você. Lenny Pickeral. Deve ser uma captura fácil.

– Espere até ouvir isso – Lula disse. – É uma beleza. Esse cara roubou papel higiênico de todas as paradas de estrada em Turnpike. Disse que estava protestando contra a baixa qualidade dos papéis.

Não parecia nenhum crime horrendo.

– Ele foi preso por isso?

– Na verdade, ele foi preso por fazer uma manobra ilegal no canteiro – Connie respondeu. – Quando foram verificar o portamalas, viram que estava cheio de papel higiênico. Então foram até a casa dele, e *lá* também tinha muito papel higiênico. O cara vem roubando papel do Turnpike há quase um ano.

– E agora ele é um DDC? – perguntei.

– Talvez esteja roubando mais papel enquanto conversamos – Lula disse. – Pra mim, parece um vício.

Enfiei a pasta do cara na bolsa.

– *Adios*. Vou procurar o Vinnie.

– Eu também – disse Lula. – Vou achar esse maluco.

Atravessei o rio Delaware em direção à Pennsylvania e fui para o norte pela rodovia Lower Buck's, olhando para o meu sistema de navegação. A Lower Buck's é uma via de mão dupla, razoavelmente movimentada, que segue o rio. É uma mistura de casas caras, casas modestas e floresta. Não tem muitas propriedades comerciais. Dez minutos na Lower Buck's e o aparelho mandou entrar à esquerda em uma estrada de terra. Era uma área arborizada e a estrada de terra era de mão única. Eu sabia que a casa estava a uns oitocentos metros para dentro. Fui dirigindo devagar, para não levantar poeira, e, depois de oitocentos metros, cheguei a casa. Tinha telhado marrom, dois andares, tipo chalé. Grande. Talvez uns 650 metros quadrados. Um solar do condado de Bucks. Paisagismo profissional. Pátio circular. Nem um pouco velha. Provavelmente, Vinnie não queria ser resgatado. Devia ter uma jacuzzi e uma cama com dossel. Por outro lado, eles iriam matá-lo na sexta.

Continuei a descer e passei por mais duas casas antes que a estrada terminasse de repente. Virei e passei lentamente pela casa de telhado marrom mais uma vez. O Mercedes do Gritch estava estacionado no pátio, com mais dois outros carros. Um era um SUV e o outro um Ferrari.

– Difícil acreditar que alguém iria querer manter um pervertido como o Vinnie em uma casa tão legal como essa – Lula disse. – Talvez aqui seja a casa de Bobby Sunflower. Nesse caso, estamos no caminho dele, o que pode não ser muito saudável.

– Bem pensado.

Voltei para a estrada, joguei o carro para o canto e estacionei. Meia hora depois, Mickey Gritch virou na estrada de terra e seguiu em direção sul, para Trenton. O Ferrari foi atrás.

Liguei para Chet, dei a ele o número da placa do Ferrari e pedi que encontrasse os donos do carro e da casa. Ele me ligou de volta em cinco minutos.

– O carro pertence a Bobby Sunflower. A casa é de uma sociedade holding. E Sunflower é o dono dessa holding.

– Você consegue saber se a holding tem outras propriedades?
– Claro. Já ligo pra você.
– É como ter sua própria agência de detetive – Lula disse. – O Ranger mantém um registro dos serviços prestados? Você tem que pagar de alguma forma no final do mês? Vou te dizer, eu não me importaria em fazer isso. Ele é gostoso de fazer o coração parar de bater. Se eu tivesse uma chance, iria espalhar molho nele e lamber como se fosse uma costela.

A ideia de lamber Ranger como uma costela me deu uma quentura que arrepiou desde meu couro cabeludo até lá embaixo.

– Você ficou vermelha – Lula disse. – Nunca vi você ficar vermelha assim antes.

– Foi esse negócio da costela.

– Verdade – Lula disse. – Também fico assim por causa de costela. Acho que precisamos ir ao Tony's quando voltarmos à cidade. Ele faz costelas de arrasar.

Ficamos lá por mais dez minutos, aguardando o SUV, que não saiu.

– Vou deixar o carro aqui e andar até a casa – disse para Lula.

– Vou com você. Ainda bem que estou de tênis hoje.

Olhei para Lula. Ela usava tênis rosa com salto embutido e cheio de pedrinhas, uma saia jeans supercurta com stretch e uma camiseta rosa, também muito pequena, decorada com purpurina prateada que se espalhava por toda parte. Era terça-feira. Eu estava com minha roupa de sempre: jeans, tênis e uma camiseta um pouco justa com gola em V. Nada de glitter ou mancha de molho.

– O plano é o seguinte – falei, andando pela estrada de terra. – Se ouvirmos um carro chegando, saímos da estrada e nos escondemos na floresta.

– Claro, posso fazer isso – disse Lula. – Só espero não precisar, porque tenho problemas com mato. Não sou do tipo natureza. Lembra quando estávamos no Pine Barrens? Odiei aquela merda. Sou uma garota da cidade, gosto de cimento. Por mim, poderiam cimentar todo o país.

– Talvez você queira ficar no jipe – sugeri.

– Acho que é uma boa ideia. Eu podia ficar e garantir que ele não fosse roubado.

A estrada era de terra batida e tinha floresta dos dois lados. O sol entrava pelos espaços entre as folhas e o ar cheirava a início de verão. Eu teria gostado da caminhada se não estivesse preocupada que Bobby Sunflower pudesse voltar e me atropelar.

Passei da rodovia para a floresta antes de avistar a casa. Não sou tão ruim quanto Lula quando se trata de natureza, mas também não sou uma ninfa das árvores. Já vi Ranger se mover entre os arbustos sem fazer nenhum barulho. Por mais que eu tentasse ficar em silêncio, sou um desastre. Andei devagar em volta da propriedade, procurando algum movimento dentro da casa. O SUV ainda estava estacionado um pouco depois da porta. Nenhuma sombra. Não tinha como saber a quem pertencia o SUV. Nem como saber se Vinnie estava lá. Voltei para o jipe e me enfiei atrás do volante.

– E aí? – Lula quis saber.

– Não faço ideia. Não consegui ver nada dentro da casa. E ninguém saiu.

– Você está carregando a garrafa?

– Sim.

– Hum, você achou que ela iria fazer algo por você.

Virei a chave e liguei o jipe.

– Não fui pega.

– Verdade – disse Lula. – Então ela pode estar funcionando.

Já eram mais de quatro horas quando voltamos para o escritório de fianças. Connie estava pintando as unhas e não parecia feliz.

– O que houve? – perguntei.
– Recebi uma ligação de Bobby Sunflower às duas da tarde. Disse que estava ficando impaciente. Aí colocou Vinnie na linha e Vinnie me implorou para arrumar o dinheiro, e alguém começou a gritar. Acho que era Vinnie. E a ligação foi encerrada.
– Bobby Sunflower estava na casa da Pensilvânia às duas horas – Lula me disse. – Agora sabemos onde estão mantendo Vinnie.
– O carro dele estava na casa – comentei. – Na verdade, não vimos Bobby Sunflower.
– Aquele cara não iria deixar ninguém dirigir seu Ferrari – Lula argumentou. – É um Ferrari particular.
Talvez fosse verdade.
– Eles estão com o Vinnie naquela casa, na Pensilvânia – Lula disse à Connie. – Sabemos exatamente onde fica. Só temos que resgatá-lo agora mesmo. Minha fatura do cartão de crédito vai vencer qualquer dia desses. Não posso arriscar.
A questão era a seguinte: enquanto eu procurava Vinnie, essa ideia parecia nobre. Agora que podemos tê-lo encontrado e teremos que chegar com as armas em fogo aberto, eu estava pensando... isso não era nada bom. Morelli poderia resolver, mas eu não podia pedir isso a ele sem concordar com o envolvimento da polícia. Ranger libertaria Vinnie em uma fração de segundo, mas ele estava em Atlanta. E mesmo que estivesse aqui, não seria certo pedir que ele fizesse meu trabalho sujo.
– Talvez em vez de resgatar Vinnie fosse melhor tentar arrumar o dinheiro – sugeri.
– Tudo bem – concordou Connie. – Como?
Refletimos sobre o assunto.
– Poderíamos fazer uma feira de bolos – Lula disse.
– Você não sabe cozinhar, Stephanie também não, e eu não quero cozinhar – Connie disse. – E precisamos de 786 mil dólares. É muito bolo. Além disso, os juros aumentam dia após dia.

— Agora que parei pra pensar nisso — Lula divagou —, se eu tivesse todo esse dinheiro, não precisaria deste emprego.

— O escritório de fianças agora é propriedade de uma empresa de capital de risco chamada The Wellington Company. Pelo que soube recentemente, eles não estão felizes com o desempenho do escritório. Acho que pedir um empréstimo a eles seria afundar o barco.

— Vamos resgatar o Vinnie e acabar logo com isso — disse Lula.

— Será que é tão difícil assim? Só tinha um SUV parado no pátio. Então, o Vinnie deve estar amarrado a uma cadeira na cozinha enquanto um capanga assiste à TV na sala.

— E? — perguntei.

— E nós entramos, atiramos no capanga, resgatamos o Vinnie e vamos pra casa.

— Não me sinto muito à vontade em atirar no capanga — declarei. — E nós não temos 100% de certeza de que o Vinnie está na casa.

— Já sei — disse Connie. — Bomba de fedor. Jogamos uma bomba de fedor lá dentro, todo mundo sai e, na confusão, resgatamos o Vinnie.

— Gostei disso — opinou Lula. — Cara, você é boa mesmo. Vi que já fez isso antes.

— No ensino médio — disse Connie. — Eu era a rainha da bomba de fedor. Uma vez, joguei uma na casa do diretor e ele colocou a culpa no Jimmy Rubinowski.

— O que aconteceu com Jimmy Rubinowski? — Lula quis saber.

— Nada. Ele jogava futebol americano. Era o garoto de ouro.

— Essa bomba de fedor vai estragar a casa? — perguntei.

— Não — Connie respondeu. — Leva uns dias para o cheiro sair, mas depois fica tudo certo. A não ser pela janela que temos que quebrar para jogar a bomba lá dentro.

— Detesto ser estraga-prazeres, mas não gostaria de fazer isso sem ter certeza de que Vinnie está na casa – falei.

Lula e eu cometemos algumas pequenas infrações às vezes ao perseguir criminosos, mas na maioria delas temos conosco um papel que nos confere ampla autoridade para busca e captura. Todos sabiam que Bobby Sunflower era a escória da sociedade, mas isso não me dava o direito de jogar uma bomba de fedor pela janela dele.

— Isso não é um mero capricho – disse Lula. – Há provas circunstanciais. E, de qualquer forma, estamos falando de Bobby Sunflower. Provavelmente ele recebe bombas de fedor toda hora.

— Que tal isso? – Connie disse. – Eu vou pra casa e faço uma bomba de fedor. Depois a gente volta pra casa dele à noite pra investigar melhor e espiar pelas janelas. Se parecer que Vinnie está na casa, nós atiramos a bomba.

— Acho que assim está bom – falei. – A menos que a família de Sunflower esteja lá dentro.

— Sunflower não tem família – afirmou Lula. – A única coisa que ele deve ter na casa é uma equipe armada e talvez uma ou duas prostitutas.

— O sol se põe lá pelas 8:30 – disse Connie. – Vamos nos encontrar aqui no escritório às 8:15. Todo mundo vestido de preto.

— Preto não é a cor que me cai melhor – disse Lula.

NOVE

Saí do escritório, dirigi até o Shopping Quakerbridge e fui direto para a praça de alimentação. Tinha uma foto do Machadinha e já estava ficando experiente em localizar traficantes de drogas. Isso sem contar que levava comigo minha garrafa da sorte. Talvez com tudo isso ao meu lado, eu conseguisse pegar o Machadinha. Pedi um cheeseburguer e um milk-shake de baunilha e me sentei em uma mesa de onde podia ver quase toda a praça de alimentação.

De acordo com a foto e a descrição do arquivo, Machadinha era hispânico, 1,75m de altura, sem piercings ou tatuagens. Mão direita esmagada; 45 anos. Uma sobrancelha.

Terminei meu lanche e fiquei um pouco sentada, tentando parecer que esperava alguém. Levantei e andei um pouco. Comprei um biscoito de chocolate. Sentei em outra mesa. Dei outra volta na praça de alimentação. Andei por fora da praça e olhei em volta. Nada do Machadinha. Comprei um sorvete, me sentei e comi. Ainda nada de Machadinha. Por volta das sete horas, eu já estava de saco cheio da praça de alimentação, então fui para casa e vesti a roupa preta, conforme combinara com as garotas. Jeans pretos, camisa preta, casaco preto.

Lula e Connie já estavam prontas no escritório quando cheguei. Connie estava vestida exatamente como eu. Lula parecia uma propaganda de roupas da S&M para mulheres de tamanho grande. Botas de couro pretas até as coxas, saia preta de stretch que só cobria cinco centímetros abaixo da bunda, camisa preta de lycra enrolada.

— Estou com minha arma, minha arma de choque, meu spray de pimenta e minha lanterna — Lula disse. — E minha outra arma e uma faca de mão.

— Estou com minha Uzi e as bombas de fedor — Connie disse.

Elas olharam para mim.

Eu estava com o spray de cabelo e uma lixa de unhas, mas nada disso chegava perto de armas e bombas de fedor.

— Estou com a garrafa da sorte — falei.

— Agora sim — Lula respondeu.

Connie pegou a bolsa e nós a seguimos para fora do escritório.

— Peguei o carro do meu irmão Tony — ela disse. — É um P.O.S. Explorer e ninguém vai prestar atenção nele parado do lado da estrada.

Lula entrou na frente com a Connie e eu fiquei atrás com a caixa de bombas. O lançador adaptado de bombas de fedor atrás de mim. Estava bastante escuro quando passamos pela ponte em direção à Pensilvânia, e ao chegarmos à estrada de terra, tudo era um breu. Sem lua. Céu nublado. Connie entrou no acostamento e estacionou na rodovia Lower Buck's antes do desvio. Nós três saímos e esperamos enquanto Connie carregava o lançador com uma bomba.

— É uma casa grande — Lula disse. — Quantas bombas precisaremos atirar?

— Uma provavelmente vai dar — Connie respondeu, pendurando a alça da Uzi no ombro. — Mas podemos jogar uma no andar de cima e outra no andar de baixo, se quisermos garantir que atingiremos a casa toda.

— Tem cheiro de quê?

— Uma que eu fiz hoje tem cheiro de xixi de gato com peido de diarreia — Connie disse, me dando a caixa com as bombas extras.

— E talvez tenha um toque de vômito.

Andamos mais ou menos seis metros pela estrada e não tínhamos ideia de onde estávamos.

– Não sei se estou no meio da estrada ou no meio da floresta – disse Lula. – Não consigo enxergar nada. Não tem nenhuma luz aqui. Tem... ooops!

– Você está bem? – perguntei.

– Não, não estou bem. Estou de bunda no chão e descobri o final da estrada por ter caído num arbusto. Onde é que vocês estão?

– Ninguém se mexa até que nossos olhos se acostumem – orientei.

– Isso vai levar quanto tempo? – Lula quis saber.

– Alguns minutos, eu acho.

– Já se passaram alguns minutos – Lula disse. – E meus olhos ainda não se acostumaram. Acho que isso é um monte de baboseira.

– Espere mais um minuto – falei.

Aguardamos mais um minuto, mas continuávamos sem ver nada.

– Vou mostrar como os olhos se acostumam – Lula disse. E ela ligou a lanterna.

Nada apropriado para uma abordagem discreta.

Seguimos Lula e a lanterna até alcançarmos o gramado em volta da casa. Uma vez fora das árvores, conseguíamos ao menos diferenciar a estrutura do céu. Várias janelas estavam iluminadas. Uma televisão piscava em um cômodo no andar de baixo. Uma silhueta passou de um cômodo para outro. O SUV ainda estava estacionado na porta.

– Precisamos chegar mais perto – Connie disse. – Alguém precisa contornar o gramado e olhar pela janela.

– Alguém? – perguntei.

– É – Connie respondeu. – Você.

– Por que eu?

– É seu trabalho. Eu sou a que fica no escritório e você é a que fica andando sorrateira por aí, perseguindo os caras maus.

– E a Lula? Por que ela não pode ser a que fica andando sorrateira?

– É – Lula disse. – E eu? Eu podia *sorrateirar* sua bunda.

– Me deixe ver se entendi – Connie disse a Lula. – Você é aquela que quer ser mandada para a forca.

– Colocando dessa forma, acho que a Stephanie tem as habilidades necessárias para essa operação – Lula disse.

Revirei os olhos sem que ninguém notasse, porque estava escuro demais. Coloquei a caixa de bombas de fedor no chão, pousei minha bolsa em cima e atravessei cuidadosamente a grama para chegar a casa. Abri caminho por algumas azaleias e fiquei na ponta dos pés para olhar pela janela. Um cara na casa dos 50 anos estava sentado no sofá assistindo à TV. Usava meia e estava relaxado, com um saco de batatas fritas e uma cerveja na mesinha à sua frente. Um outro cara estava largado em uma poltrona reclinável.

Eu me esforcei para sair das azaleias e andei em volta da casa, espiando as janelas e tentando ouvir conversas. Cheguei à cozinha e havia uma bandeja no balcão com alguns pratos sujos e uma lata de Coca-Cola caída ao lado. Também havia alguns pratos, talheres e dois copos no balcão ao lado da pia. Parecia que alguém fora servido em uma bandeja e duas pessoas comeram na cozinha. Nenhuma prova concreta de que Vinnie estava sendo mantido na casa, mas valia a pena considerar.

Corri de volta para a floresta e contei a Lula e a Connie o que tinha visto.

– Eu voto pra jogarmos uma bomba lá e ver o que acontece – arriscou Lula.

– Suponha que apenas os caras assistindo à TV saiam – falei. – Alguém vai entrar pra ver se Vinnie não está realmente lá?

– Seria você de novo – Lula disse. – Já que é a melhor em encontrar pessoas.

– Não – balancei a cabeça. – Não, não, não. Já fiz a minha parte. É a vez de outra pessoa. Não vou entrar em uma casa que fede a xixi de gato e peido de diarreia.

– Eu ficaria feliz em fazer isso, mas tenho asma – Lula disse. – Posso ter um ataque lá dentro. Isso poderia me matar.

Estávamos de pé à beira da floresta discutindo e uns faróis apareceram na estrada de terra. O carro estava a uma boa velocidade, vindo da rodovia Lower Buck's, e quase passou por cima de nós antes que o víssemos. Mergulhamos no mato em busca de proteção, com frio no estômago, escondidas na sombra. O carro entrou no pátio circular fazendo barulho, parou em frente à casa de telhado marrom e *bang* – atirou um objeto que quebrou a janela do saguão. *Bang* – outro tiro em uma janela do segundo andar, e o carro cantou os pneus e saiu do pátio voando, de volta à estrada. Era um SUV preto. Eu não consegui ver a placa ou a marca. Ficamos de pé e em choque por um momento.

– O que foi isso? – Lula perguntou.

Em um instante soubemos o que era, porque a parte interna da casa estava tomada por chamas e saía fumaça pela janela quebrada.

– Bomba de fogo – Connie disse.

Corremos para a casa para ter certeza de que todo mundo tinha saído e, assim que chegamos, três homens correram para o lado oposto, pularam no SUV e fugiram. Difícil dizer no escuro se um deles era o Vinnie, tudo aconteceu muito rápido. Houve uma pequena explosão em algum lugar dentro da casa, janelas voaram e chamas saíram pelas janelas e lamberam o lado da casa.

– Precisamos sair daqui – disse Connie. – Precisamos chegar ao carro antes que a polícia e os bombeiros apareçam. A polícia vai querer saber por que tem um carro estacionado lá.

Peguei minha bolsa e a caixa de bombas de fedor e corri para a estrada, Lula à frente segurando a lanterna.

— Caramba, o Bobby Sunflower não é nada popular — Lula disse. — Tem que entrar na fila pra poder atirar uma bomba na casa dele.

Estávamos andando rápido. Eu suava segurando a caixa de bombas de fedor e podia ouvir Lula respirando forte na minha frente. Estávamos quase na Lower Buck's quando ouvimos as sirenes.

— Droga — Connie disse. — Como eles chegaram aqui tão rápido?

Ajeitei minha bolsa mais pra cima no ombro.

— Tenho certeza de que a casa tinha um sistema de alarme, e incêndio sempre chama polícia e bombeiro.

Um carro de polícia foi o primeiro a chegar. Entrou na estrada de terra e nós pulamos para a floresta. Um segundo carro vinha logo atrás, mas parou na Lower Buck's, atrás do SUV de Connie.

— Estou ferrada — Connie disse.

O policial ficou sentado pelo que parecia uma eternidade. Finalmente, a porta do motorista abriu, ele saiu e foi até o carro da Connie. Um feixe de luz varreu o SUV. Prendemos a respiração e ficamos paradas. Um carro de bombeiros passou por ele e entrou na estrada de terra. Uma ambulância o seguia. O policial retornou para o carro, voltou à rodovia e entrou na estrada de terra.

Connie ligou para a polícia de Trenton e informou que o carro do irmão tinha sido roubado.

— Eu estacionei no Shopping Quakerbridge — ela disse. — Acabei de sair da Macy's e ele não está aqui.

Ela forneceu todas as informações necessárias e disse que tinha uma carona chegando e que precisava ir para casa.

— Você pensou rápido — Lula disse. — Não seria bom se Bobby Sunflower descobrisse que estacionamos aqui. Ele pensaria que nós jogamos a bomba. A polícia provavelmente pensaria isso também.

— Infelizmente, não podemos usar o carro para voltar para casa. Teremos que deixar aqui.

— Aposto que seu irmão vai ficar furioso — Lula disse.

Connie deu de ombros.

— Ele vai entender.

A família de Connie não se abalava com o crime. Era uma atividade familiar.

— Então, como vamos chegar em casa? — Lula perguntou. — Está ficando tarde e tem uns programas na TV que quero ver.

— Meu irmão Tony poderia pegar a gente, mas o carro dele está desse lado da estrada — Connie disse.

— Eu não tenho ninguém — Lula disse. — Não tenho ninguém especial na minha vida no momento.

Enfiei minha mão no bolso e tirei o cartão do Mooner.

O trailer chiou ao parar atrás do SUV da Connie e Mooner se inclinou na janela do carona.

— Não tenham medo, Mooner está aqui — ele disse.

— Que porcaria é essa? — disse Lula, encostando nos símbolos de paz, vento e estrela pintados à mão na lateral do veículo.

— É um trailer — disse Mooner. — É um veículo recreativo de qualidade.

Connie farejou o ar que saía pela janela aberta.

— Tem cheiro de cachorro.

— É — Mooner disse. — Mas veio honestamente.

Entramos e procuramos um lugar para sentar. As paredes eram cobertas por tecido imitando veludo com estampa de onça. Os sofás e as cadeiras tinham estofado de pele falsa de zebra. O tampo da mesa e o balcão da cozinha eram de fórmica vermelha. Até no escuro da noite aquilo dava enxaqueca.

— Isso é muito legal — disse Lula. — Surpreendentemente fofo. Claro, sou uma pessoa que adora estampa animal, então adorei a decoração.

– Eu fiz sozinho – disse Mooner. – Queria algo como reino animal retrô. – Mooner ligou o trailer, deu meia-volta na estrada de terra e seguiu de volta para Trenton. – Vocês estavam participando de uma fogueira? – perguntou. – Deve ser mega. Dava pra ver o brilho lá da ponte.

– Nós não fomos a uma fogueira – falei. – Estávamos apenas andando por aí quando o carro quebrou.

– Eu posso dar a volta e levar vocês até o incêndio, se quiserem – Mooner disse.

– Não é necessário – falei. – Incêndio é sempre igual.

– Verdade – Mooner concordou. – Pessoalmente, sou mais um homem do vento. O vento é o máximo.

Mooner deixou Connie na casa do irmão dela, para que ela pudesse pegar o seu carro de volta, e levou Lula e a mim até o escritório de fianças. Lula entrou em seu Firebird e foi embora, e eu caminhei até o jipe, onde Morelli esperava por mim. Ele estava encostado no carro, com os braços cruzados.

– Oi – eu disse. – E aí?

– Você estava perguntando sobre Bobby Sunflower, então pensei que quisesse saber que uma das propriedades dele pegou fogo essa noite.

– Qual delas?

– A casa da Pensilvânia.

– Tinha alguém dentro?

– É muito cedo para afirmar. Ninguém foi resgatado – Morelli me envolveu em seus braços e mexeu no meu cabelo. – Você está com cheiro de fumaça – disse.

– Deve ser do trailer do Mooner. Ele levou a gente para um passeio.

– Mentir não é legal – Morelli disse.

Olhamos fixamente um para o outro.

– Você realmente quer a verdade? – perguntei.

Morelli pensou por um instante.

– Não – respondeu.

Fiquei na ponta dos pés e o beijei no nariz.

– Está tarde. Tenho que ir para casa. Amanhã vou ter um dia cheio de caça a fugitivos.

Os braços dele ainda me envolviam.

– Eu poderia ir para casa com você.

– Você iria para casa com alguém que pode ser um mentiroso?

– Iria. Estou ficando desesperado.

– Você quis terminar. Disse que eu não era uma boa pessoa para se ter um relacionamento.

– Não falei isso.

– Falou sim!

– Posso retirar o que falei? Ainda não tinha tomado café. E eu precisava de...

Estreitei meus olhos para ele.

– Você precisava de quê?

– Torrada – ele respondeu. E suspirou. – Não vai acontecer nada hoje à noite, não é?

– Não.

Eu estava ficando irritada de novo. Ninguém me tirava do sério como Morelli. Quero dizer, por que era eu que tinha que lembrar de comprar pão? Certo, honestamente, foi bem idiota terminar por isso. E sendo mais honesta ainda, eu deveria ter me lembrado de comprar pão. Mas isso não alterava o fato de que eu estava louca da vida. Louca não era uma emoção sensata. E a verdade era que eu não sabia exatamente se estava louca com Morelli ou comigo mesma.

DEZ

Cheguei ao escritório às nove. Connie estava em sua mesa e Lula ainda não tinha chegado.
– Ouviu alguma coisa sobre o incêndio? – perguntei.
– Até agora nenhum corpo foi encontrado. O que se diz por aí é que está havendo uma guerra entre Bobby Sunflower e algum mafioso fora do radar.
– Seu irmão recuperou o carro?
– Ele vai pegar hoje na custódia. A polícia suspeita que tenha sido roubado por alguém envolvido com o incêndio.
– Tangencialmente.
– Falou difícil – Connie disse.
– Ouvi na TV. Acho que usei corretamente.
O telefone tocou e Connie atendeu.
– Sim – ela respondeu. – Entendo. – Desligou e olhou para mim. – Foi uma ligação para nos lembrar de que temos dois dias para aparecer com o dinheiro. E agora aumentou para um milhão.
– Pelo menos sabemos que o Vinnie não morreu queimado na casa.
– Parece que não. Acho que isso é uma coisa boa, apesar de começar a achar que talvez seja mais fácil procurar um novo emprego.
Lula apareceu.
– O que eu perdi? Perdi alguma coisa? Dormi demais. E depois não consegui decidir o que vestir. Além disso, minha cafeteira está quebrada, então tive que parar na Starbucks, e a fila estava indo até o lado de fora.

— Descobrimos que o Vinnie não morreu queimado — falei.
— Hum — Lula disse. — Mas pelo lado bom, já que ele não morreu, talvez a gente possa usar a bomba de fedor, afinal.
— Toda coisa ruim tem seu lado bom — comentou Connie.
— Você está com olheiras — Lula me disse. — Passou a noite com Morelli?
— Não. Estamos na fase "vai" do nosso relacionamento vai e volta — respondi. — Foi apenas uma noite maldormida.

Eu estava com olheiras porque passei a noite toda rolando na cama. Havia dois homens na minha vida e eu não tinha a mínima ideia do que fazer com eles. Eu amava cada um de um jeito, e sou muito tradicional e católica só para curtir. Que loucura é essa? Eu não era católica praticante, mas me sentia culpada. E estava presa a todas essas regras sobre relacionamento. Também tinha minha mãe, de quem eu suspeitava que tivesse muito medo que eu terminasse minha vida com Ranger. E minha avó, que provavelmente pensava que eu era uma idiota por não dormir com os dois. E meu pai, que achava que não existia homem bom o suficiente para mim. Então, eu provavelmente só dormi uma hora na noite passada. E então Chet me ligou às sete da manhã. Para a equipe de Ranger, sete horas já era metade da manhã.

— Hoje de manhã, Chet ligou com uma lista de propriedades que Sunflower tem por causa da *holding* — disse a Connie e a Lula. — Vou parar em todos os lugares.
— Vou com você — Lula disse. — Está um ótimo dia de sol lá fora. Perfeito para dar uma volta. Talvez devêssemos abaixar o teto do jipe.

No geral, a *holding* possuía imóveis comerciais alugados para uma variedade de negócios: supermercado, tinturaria a seco, loja de animais, salão de beleza, loja de produtos naturais e alguns apartamentos vazios.

– Isso é interessante – Lula disse. – Por um lado, esse tal de Sunflower é realmente malvado, ganha dinheiro com prostituição, jogos e drogas, e por outro, ele tem negócios legítimos, sem graça. Você não acha interessante? Quero dizer, o cara tem uma loja de produtos naturais.

– Na verdade ele não é dono dela. É dono apenas do espaço físico.

– Mesma coisa. E uma loja de animais com filhotes e tudo mais. Quero dizer, você consegue ver Bobby Sunflower vendendo filhotinhos?

– Ele não vende filhotes pessoalmente.

– Mas se ele vendesse você não acharia esquisito?

Passei por todas as propriedades que estavam na lista de Chet e estacionei na rua Liberty. Nada na lista tinha potencial para ser o cativeiro do Vinnie.

– Não sei aonde ir daqui – falei. – Tenho dois dias pra achar Vinnie e estou sem ideias.

– Eu tenho algumas ideias – disse Lula. – Elas são sobre almoço. Estou pensando em nachos.

– Boa ideia. Conheço o lugar perfeito.

Desci a Liberty em direção à Broad e segui a rua até a Marble. Parei no estacionamento do 7-Eleven e estacionei. Mickey Gritch estava do outro lado do estacionamento, conduzindo os negócios, como sempre.

Dei vinte dólares a Lula.

– Compre nachos e uma bebida. Vou falar com o Mickey.

– Tem certeza de que não quer um reforço?

– Tenho. Posso lidar com isso sozinha.

Esperei um homem de terno amarrotado se afastar de Gritch. Quando o cara entrou no próprio carro, me aproximei.

– Ei – chamei. – Quanto tempo!

– Não muito – Gritch respondeu. – Fique longe de mim. Você é que nem veneno.

– Como assim?
– Não sei. Por associação.
– Fale comigo.
Gritch ligou o motor.
– Fui.
– Você pode falar comigo aqui ou na sua casa. Sei onde você mora.
Eu tinha me dado bem fazendo essa ameaça a Ernie Wilkes. Pensei que podia tentar outra vez.
– Você não faria isso – Gritch disse.
– Sim. Eu faria.
– Não é justo. A casa de um homem é sua fortaleza.
– Onde está o Vinnie?
– Não sei, juro. Acho que ele estava na casa do Sunflower na Pensilvânia, mas ela foi bombardeada e eles tiveram que sair. Estou falando sério, se afaste. Deixe Sunflower fazer o que ele tiver que fazer com Vinnie. Ele está lidando com gente maluca. Nem sei quem são essas pessoas, mas elas me assustam.
– Preciso de um nome.
– Não tenho um. Não sou uma grande peça na organização. Ouvi o Blutto discutindo alguma coisa, mas não sei o que significa. Não sei nem se é o primeiro nome, o último ou um apelido.
– Obrigada.
– Você não vai me visitar, vai?
– Não.
– Nada pessoal, mas estou aliviado.
Deixei Gritch com sua rotina de almoço e voltei para o jipe. Lula apareceu minutos depois com duas caixas de nachos e dois refrigerantes gigantes.
– E a dieta de comer um de cada? – perguntei. – Você não pode comer apenas um nacho?
– Aquela dieta não especifica muito bem se é um nacho ou uma caixa de nachos. De qualquer forma, estou pensando em

abandonar. Ela não funciona. Acho que vou ter que procurar uma nova dieta.

Terminei os nachos e estava dividida entre ir atrás do Machadinha ou continuar procurando por Vinnie. Se eu pegasse o Machadinha, poderia consertar meu carro. Eu adorava o jipe, mas não era meu. E, no final das contas, eu teria que devolvê-lo a Ranger. Principalmente se eu voltasse com Morelli. Usar o carro de um homem e dormir na cama de outro não iria funcionar. Pelo menos não quando os homens eram Ranger e Morelli. Claro, se eu dormisse com Ranger, poderia ficar com o jipe por tempo indeterminado.

– Em que diabos você está pensando? – Lula quis saber. – Você está murmurando, revirando os olhos e suspirando.

– Estava pensando que preciso encontrar o Vinnie. Ele só tem mais dois dias.

– Você acha que o Sunflower mataria mesmo o Vinnie?

– Acho. Acho que ele mataria meu primo.

– Eu também – Lula disse. – Sunflower é do mal.

Terminei meu refrigerante, recolhi o lixo e acelerei o carro para alcançar a lixeira pela janela. Voltei e engatei o jipe.

– Aonde estamos indo? – Lula perguntou. – Já fomos a todos os lugares.

– Eu tenho uma ideia. Eles tiveram que tirar Vinnie da casa que estava pegando fogo e colocar em outro lugar. Teria que ser um lugar fácil e discreto. Algo como um prédio com vários apartamentos.

– A casa dos ratos.

– Exatamente.

Em quinze minutos, estávamos em frente ao prédio na Stark. A área em volta era calma àquela hora do dia, mas um magricela, que parecia portar uma arma grande, estava esparramado em uma cadeira dobrável em frente à porta.

— Isso é um sinal de que Vinnie está aqui — arriscou Lula.

— Talvez.

Dei uma volta ao redor do quarteirão e entrei no beco. Contamos os blocos, e parei atrás do prédio. Tinham seis vagas marcadas no pequeno estacionamento. O resto era reservado a uma caçamba de lixo. O SUV preto estava estacionado em um dos espaços. O prédio tinha uma porta nos fundos e uma janela com grades no térreo. Nenhuma grade nos outros três andares. Uma escada de emergência enferrujada ficava pendurada na parte de trás.

— Tente a porta dos fundos — disse a Lula.

Lula saiu do jipe, atravessou o estacionamento e tentou abrir a porta. Trancada. Voltou para o carro.

— E agora? — perguntou. — Acho que ele está aqui, mas não sei se a bomba de fedor vai funcionar. Além do mais, eles têm um porteiro lá na frente.

— Uma de nós vai ter que entrar e dar uma olhada.

— Você?

— Não — retruquei. — Você.

— Por que eu? Sou apenas uma assistente de caçadora de recompensas e nem tenho certeza se quero resgatar Vinnie.

— Você consegue passar pelo cara na porta de entrada. Diga a ele que vai fazer uma entrega para o gordo imundo do terceiro andar.

— E eu vou de porta em porta vendendo biscoitos de escoteiras?

— Não. Depois que entrar, só dê uma olhada e veja se escuta vozes.

Deixei Lula na esquina e fiquei vendo-a passar pela funerária rebolando até chegar ao cara da porta que dava para o prédio. Ela parou, falou com ele por um momento e entrou. Depois de dez minutos, olhei para o retrovisor e avistei um SUV do Rangeman estacionado em frente a um bar a meia quadra de distância. O meu lado medroso estava feliz por vê-los lá, mas o resto de minha mente admitia que eu levava uma vida bem esquisita. Eu tinha um namorado policial que odiava meu emprego e tentava me fazer largá-lo. E um amante em potencial especialista em segurança que não me pedia para largar o emprego, mas me mantinha sob vigilância constante. Não sabia muito bem qual era pior.

Lula apareceu na porta da frente e o guarda a agarrou pelo braço. Eu estava pronta para intervir se notasse que ela estava em perigo. Não que eu seja muito boa em resgates, mas os dois caras supermusculosos e com armamento pesado me vigiando poderiam causar algum dano.

Lula se afastou alegremente do guarda e desfilou pela calçada até onde eu estava esperando. Ela entrou no jipe, eu acenei para os caras da Rangeman e fui embora.

– E aí? – perguntei.

– Ele está lá. Está no apartamento dos fundos do quarto andar. Dava pra ouvir a voz dele. Parecia que estavam jogando cartas.

– Algum problema? Alguém viu você?

– Só o imbecil da porta da frente, mas ele caiu no papo da prostituta.

Estava muito tarde para pegar o Machadinha nas suas paradas para o almoço, e eu não estava a fim de começar a busca pelo bandido do papel higiênico, então voltei para o escritório. Precisava falar com Connie de qualquer forma. Uma coisa era achar o Vinnie, outra bem diferente era resgatá-lo. Por mais que eu gostasse de ver Connie atirar uma bomba de fedor, eu tinha sérias dúvidas quanto a essa forma de resgate. Para mim, uma bomba de fedor, ou de fogo, tiraria todo mundo do prédio, mas não nos daria uma oportunidade de pegar o Vinnie.

Estava do outro lado da cidade quando vovó Mazur ligou.

– Acho que quebrei meu pé – ela disse. – Estava dançando com um daqueles vídeos de malhação e bati sem querer meu dedão na mesinha de centro, e agora acho que quebrei alguma coisa. Primeiro, pensei que não tivesse quebrado, mas está ficando roxo e todo inchado.

– Onde está mamãe?

– No salão de beleza. E seu pai está jogando *pinochle* no clube. E eu odeio ligar para a ambulância, porque eu viraria um espetáculo. Haveria rumores de que eu estaria morta. Só preciso que você me dê uma carona para o hospital.

ONZE

Lula e eu ficamos paradas na sala de estar, olhando para o pé da vovó.

— Parece mesmo quebrado — Lula disse à vovó. — É um baita de um pé feio que você tem aí, mas eu gosto do seu esmalte. Qual o nome dele?

— Vermelho Apimentado. Ainda bem que eu pintei ontem. Imagina quebrar o pé sem ter feito as unhas.

— É — disse Lula. — Eu iria odiar. Está doendo?

— Estava, mas tomei umas doses de Jack Daniels e estou bastante alegre.

— Precisamos ir para o carro — falei para Lula.

— Tudo bem. Você prefere carregar ou arrastar sua avó?

— Você consegue ir pulando? — perguntei à vovó.

— Eu conseguia antes do Jack Daniels, mas agora não tenho certeza.

Lula ficou de um lado e eu de outro. Levantamos vovó e a levamos para fora, para a calçada e para o jipe. Eu estava com medo de empurrá-la, então a arrastei para o banco de trás.

— É uma pena termos que ir para o hospital — disse vovó. — Queria me divertir um pouco. Eu não ligaria se visse alguns homens pelados.

— Quanto Jack você bebeu? — Lula perguntou.

— Não preciso de Jack para querer ver homens pelados. Você chega à minha idade e não há muitas oportunidades. Eu fiz assinatura daqueles filmes pornôs uma vez e só tinha mulher. Só dava pra ver os homens de costas. Qual a graça disso?

— Concordo — Lula disse.

O hospital Saint Francis fica a uns três minutos da casa dos meus pais. Entrei na pista para a emergência, deixei vovó em uma cadeira de rodas com Lula no comando e dirigi para o estacionamento.

Quando voltei para a emergência, vovó já tinha sido levada a algum lugar para ser examinada e Lula estava ocupada lendo revistas.

— Essa é uma emergência excelente — disse Lula. — Eles têm uma boa seleção de revistas. E as pessoas sabem o que estão fazendo aqui, quando se trata de tiros e facadas, considerando que têm muita prática nisso.

Uma hora depois, trouxeram vovó de volta, na cadeira de rodas, para a sala de espera com uma bota preta gigante no pé.

— Está quebrado mesmo — ela disse. — Vi os raios X.

— O que é isso no seu pé? — Lula quis saber.

— O osso quebrou só um pouco, então eles colocaram meu pé nesse treco em vez de engessar. Posso andar com isso e tudo.

Vovó levantou-se da cadeira e fez um test-drive com a bota.

Passo, pisão, passo, pisão, passo, pisão.

A bota ia até a panturrilha, era acolchoada e ficava presa com tiras grossas de velcro. A parte do pé tinha cinco centímetros de plástico moldado. Quando vovó andava, ela mancava de um lado, já que uma perna estava cinco centímetros maior do que a outra.

— Estou me sentindo uma manca nessa bota. E minhas nádegas não estão combinando. Uma parece maior do que a outra. E não dá pra segurar os gases.

— Vamos deixar a janela aberta no caminho de volta — Lula disse.

Vovó olhou para a bota.

— Mas até que ela é bem bonita. Mal posso esperar para mostrar à sua mãe. Aposto que isso pode nos garantir uma vaga de deficientes no estacionamento. E recebi alguns comprimidos para quando passar o efeito do Jack Daniels.

Levei o jipe até a pista, enfiei a vovó dentro dele, e a levei de volta para casa. Eu já havia ligado, e minha mãe esperava na calçada.

– Aqui está ela – falei, entregando minha avó para minha mãe.
– Quase novinha em folha.
– Pelo amor de Deus – minha mãe falou.
– Eu estava me movimentando e quebrei o pé – vovó disse a ela. – Mas está só um pouco quebrado.
– Preciso ir – falei para minha mãe. – Tenho que voltar para o escritório.
– Você consegue andar? – minha mãe perguntou a minha avó.
– Claro que consigo. Veja só.

Passo, pisão, passo, pisão, passo, pisão.

– Ops – vovó disse. E caiu de cara na grama.

Lula e eu pulamos para fora do jipe e corremos até ela.

– É essa maldita bota. Me deixa toda torta.

Connie estava em sua mesa quando chegamos ao escritório de fianças.

– Teríamos chegado mais cedo – disse Lula –, mas tivemos que fazer uma missão de caridade. Vovó Mazur quebrou o pé dançando com um vídeo de malhação, e a gente foi com ela para o hospital.

– Ela está bem? – Connie perguntou.

Sentei no meu lugar de sempre em frente à escrivaninha.

– Está. Eles colocaram uma bota ortopédica e a mandaram para casa.

– E temos novidades – Lula disse. – Temos uma boa e uma má notícia, e as duas são a mesma coisa. Encontramos o Vinnie.

As sobrancelhas de Connie levantaram-se alguns centímetros.

— Tá falando sério?

— Eles o estão mantendo em um apartamento do Sunflower na rua Stark — falei. — Lula ouviu pela porta. Tem um cara com ele e outro na entrada do prédio. Não tem grade nas janelas de trás e tem uma escada de incêndio enferrujada, mas a gente morreria se tentasse tirar o Vinnie por lá.

— Vocês têm alguma ideia? — Connie perguntou.

— Não. Nenhuma. E não acho que bomba de fedor vá funcionar. Eles tirariam o Vinnie do prédio com homens armados e não deixariam que ele fugisse.

— Precisamos de uma distração — Lula disse. — Temos que tirar o guarda do prédio. Aí alguém pode entrar e arrastar a bunda inútil do Vinnie para fora.

— Uma distração é uma boa ideia — falei. — Mas como iremos descer com o Vinnie e passar pelo guarda da entrada?

— Podíamos colocar um disfarce nele — Lula disse. — Uma peruca e um vestido ou algo do tipo.

Olhei para Connie.

— Você acha que isso vai funcionar?

— Talvez, se também tivermos uma distração na porta da frente — respondeu.

— Posso distrair o cara da frente — Lula disse. — Ele gosta de mim.

— Eu serei a segunda distração — Connie disse. — Sobra a Stephanie pra tirar o Vinnie.

— Como você vai distrair o cara o suficiente para que eu possa descer as escadas com o Vinnie? Não acho que uma peruca vá resolver. E suponha que você faça isso fora do prédio, mas ele tranque a porta. E aí?

— Viu, esse é o seu problema — Lula disse. — Você está vendo o copo metade vazio. Uma das minhas qualidades mais notáveis é minha personalidade positiva. Você só tem que tomar algumas precauções, como carregar uma arma com balas.

Parei no meio-fio em frente ao escritório de fianças às nove em ponto. Connie já estava lá, e Lula parou atrás de mim. Eu estava vestida de preto. Uma arma carregada pressionava minhas costas, presa na parte de trás da minha calça. O spray de pimenta estava em meu bolso. Meu celular estava preso no cós da calça, pronto para ligar para o Rangeman. E eu também tinha uma arma presa no cós. E estava pressentindo um desastre. Não tinha nenhuma confiança na missão. A verdade é que nós éramos horríveis no assunto. Estávamos mais para os Três Patetas no *Camp Commando*. A única razão para fazer isso era eu saber que Chet iria me localizar na Stark e enviar um carro de ajuda da Rangeman.

Nós nos reunimos em frente ao escritório para repassar o plano. Connie usava salto plataforma, uma saia curta e justa e um suéter com um imenso decote. O mesmo para Lula, só que trocando a plataforma por botas de salto alto de prostituta.

– Estive pensando – falei. – Nossa melhor chance é encontrar a porta de trás aberta. – Olhei para Lula. – Se você conseguir abrir a porta para mim e para Connie, podemos subir as escadas com mais facilidade. E depois tirar o Vinnie por lá.

– Pode contar comigo – Lula disse. – E os carros?

– Vamos de jipe – falei. – Deixo você na Stark e depois estaciono no beco atrás do prédio. Depois que fugirmos com o Vinnie, dou a volta e pego você.

– Combinado – Lula disse. – Vou ficar esperando.

Entramos no jipe, e, na hora em que chegamos à Stark, meu estômago revirava e eu tinha um nó de pânico do tamanho de uma laranja no meio da minha garganta. Lula desceu na esquina e andou meia quadra até o prédio. Ainda havia um guarda na porta, mas era um cara diferente. Dei a volta e estacionei no beco, como combinado.

– Isso vai funcionar, certo? – falei para Connie. – Nós não vamos ser pegas, assassinadas, ou algo do tipo, né?

– Trouxe a garrafa com você?

– Está na minha bolsa.

– Então vai ajudar – Connie disse.

Ai meu Deus, tudo ia se reduzir à garrafa.

Connie saiu do jipe e arrumou os seios.

– É melhor o Vinnie valorizar esse esforço. Tenho coisa melhor pra fazer do que salvar sua pele – ela falou.

Estiquei o braço embaixo do banco e peguei a lanterna Maglite de quase um quilo, equipamento padrão em todos os veículos da Rangeman. Era também a melhor arma para esmagar cabeças.

O beco não estava muito iluminado. Havia postes de luz no local, mas as lâmpadas tinham sido quebradas. Andamos até os fundos do prédio e olhamos para cima. Havia sombras nas janelas do quarto andar. O SUV preto estava encostado no prédio. Tentei a porta dos fundos. Trancada. Nós duas nos afastamos e esperamos na sombra até Lula destrancar a porta.

Ouvi passos, a maçaneta girou e Lula olhou para nós.

– O lugar está limpo – falou. – O idiota da porta desceu a rua pra comprar algo pra fumar.

– Hora do show – Connie disse. Passou correndo pela porta, em direção ao pequeno corredor, e subiu as escadas sem perder tempo.

Fui logo atrás, pensando que já havia feito coisas igualmente perigosas e imbecis como caçadora de recompensas, mas que essa era com certeza a mais estúpida de todas as operações. Chegamos ao quarto andar e olhamos em volta. Três portas – 4A, 4B, e nenhuma indicação na terceira. Tentei ouvir algo pela porta sem número. Silêncio. Tentei a maçaneta com cuidado. Destrancada. Era uma despensa.

Entrei na despensa e puxei a porta, deixando-a quase fechada. Ouvi Connie batendo em uma porta. Escutei a porta abrir. As palavras eram abafadas. Connie estava contando uma história sobre sua amiga que tinha desmaiado no segundo andar.

– E ela está pelada – Connie disse. – Além do mais, nós bebemos muito, e eu acho que estamos no prédio errado.

Ouvi a porta do apartamento fechar e depois passos na escada. Saí da despensa e fui até o 4B. A porta estava destrancada. Entrei e olhei em volta. Era um conjugado com uma pequena cozinha de um lado. Caixas de pizza cheias de gordura no balcão. Uma mesa de jogos e uma cadeira dobrável. Um cinzeiro lotado de cigarros. Nenhum sofá, nenhuma televisão. Dava para entender por que foi tão fácil para Connie entreter o cara que atendeu a porta. Ele devia estar ficando louco ali. Ouvi um ruído no outro cômodo e esperava que fosse Vinnie, porque a última vez que ouvi algo fazendo barulho era um jacaré.

Enfiei a cabeça no cômodo e encontrei Vinnie algemado a uma corrente grossa que ia até o banheiro.

– Puta merda – Vinnie disse. – Que porra é essa?

Vinnie usava sapatos pontiagudos pretos e brilhantes, meias pretas e tanguinha preta. Usando roupa ele já não era muito atraente. De meias pretas e tanguinha, era um pesadelo.

– Onde estão suas roupas? – perguntei.

– Não tenho nenhuma. Era isso que eu estava usando quando me pegaram.

Por um momento fiquei pensando em realmente deixá-lo lá.

– Sei o que está pensando – Vinnie disse. – Vovó Plum e tia Mim ficariam muito chateadas se você me deixasse aqui e eles me matassem.

– Tudo bem – falei. – Mas como vou resgatar você se está acorrentado à privada?

– Você não tem uma chave-mestra? Que tipo de caçadora de recompensas é você?

– Não pensei que fosse ter que tirar algemas de alguém.

– Nunca se sabe quando você vai se deparar com alguém nessa situação – Vinnie falou. – Você sempre tem que ter algemas com você. Por isso é que estou perdendo dinheiro.

– Você está em uma situação delicada aqui – retruquei.

– Eu sei. Me desculpe. Foi legal tentar me resgatar. É melhor sair antes que o Cobra volte.

– Cobra?

– Me processe, mas esse é o nome dele. E ele se move como uma serpente. É assustador.

– Não vou sair daqui sem você – falei. – Estique bem a corrente.

Tirei minha arma, mirei na corrente à queima-roupa e puxei o gatilho. A corrente subiu e um elo se quebrou. Coloquei a arma de volta na calça, corremos para o outro cômodo e, assim que chegamos à porta, Cobra apareceu, com a arma em punho. Seus olhos se voltaram para Vinnie e, naquele instante, bati na cabeça dele com a Maglite. Ele caiu de quatro no chão e escutei mais homens subindo as escadas de forma estrondosa. Chutei o Cobra para fora do apartamento, direto para o corredor, bati a porta e passei o trinco.

– Mudança de planos – disse a Vinnie. – Pela janela.

Vinnie correu para a janela, abriu e olhou para fora.

– Você está maluca? São quatro andares.

– Escada de incêndio – falei.

– Está enferrujada. É um lixo!

A porta balançou e uma pessoa se jogou contra ela, mas o trinco a segurou.

– Vá! – eu disse a Vinnie, empurrando-o para fora da janela. – Vá!

A escada rangeu com o nosso peso, e pedaços de metal voaram quando descemos os degraus correndo. Não havia tempo para pensar nisso.

— Ela está desmoronando debaixo de mim! — Vinnie gritou.
— Continue descendo! — gritei de volta. — Não pare.
Estávamos no terceiro andar. Agarrei o corrimão para me apoiar e o corrimão cedeu. A escada de emergência fez um barulho e se separou do prédio.
— Puta merda — Vinnie disse. — Santa Maria, mãe de Deus!
Toda a estrutura de metal estava se desintegrando e desmoronando. Nós não estávamos exatamente mergulhando em direção ao chão, mas deslizando até ele. E então o último parafuso soltou quando passávamos pelo segundo andar e ficamos em queda livre. A estrutura caiu contra o SUV preto, e Vinnie e eu voamos pelos ares.

Um dos homens debruçou-se na janela do quarto andar e atirou. Outros dois tiros saíram do beco não muito distante de mim. Eu estava de costas no chão sem ar nenhum. Alguém me levantou e me levou para o jipe. Era o Ranger. Ele estava com a mão agarrada em minha cintura e correndo comigo, meio que me arrastando. Chegamos ao jipe, ele me empurrou para o banco do carona, pulou para o meu lado e saiu cantando os pneus.

— Vinnie! — falei.
— Tank está com ele.
— Preciso pegar Connie e Lula. Elas estão na Stark.

Ranger virou a esquina e passou pelo prédio. Connie e Lula estavam na calçada tentando mostrar que estavam calmas, mas em vão. O guarda da porta tinha sumido. Provavelmente estava no quarto andar. Connie e Lula pularam desesperadas no banco de trás do jipe e Ranger partiu com um SUV da Rangeman atrás.

— Então acho que deu tudo certo — Lula disse.

Ranger lançou um olhar para mim.

— Você está bem?

Assenti com a cabeça. Não conseguia encontrar as palavras.

DOZE

Ranger deixou Connie e Lula no escritório e esperou que elas pegassem seus carros e fossem embora. O SUV da Rangeman ainda estava atrás de nós, parado no meio-fio. Ranger ligou e Vinnie foi transferido para o jipe.

– Preciso saber por que ele está de cueca? – Ranger perguntou.
– Foi assim que ele foi sequestrado.

Vinnie subiu no jipe, com a corrente das algemas balançando. Ranger tirou uma chave-mestra do bolso e entregou a ele.

– Presumo que o primeiro tiro que ouvi tenha tido como alvo a algema – Ranger disse para mim.
– Eu não tinha a chave.
– Você é uma caçadora de recompensas – ele disse. – É preciso carregar sempre com você chaves de algemas.
– Eu esqueci, mas me lembrei da arma. E acertei alguém na cabeça com a sua Maglite.

Ranger sorriu para mim.
– Gata.
– Acho que preciso ir para casa – Vinnie falou.
– Não é uma boa ideia – respondi. – Lucille não está muito feliz com você.
– Ela vai superar – Vinnie disse. – Sempre supera.

Ranger esperava minhas instruções.
– Vamos levá-lo para casa – falei.

Vinnie morava em uma casa colonial amarela e branca em Pennington. Parecia uma casa que uma pessoa normal teria, exceto pelo fato de que pertencia a Vinnie. Vá saber. Lucille fazia questão de que a grama estivesse aparada e os canteiros sempre cobertos de flores. Uma tesoura branca estava pendurada na janela. Era perto das onze e as luzes da casa estavam apagadas. O céu estava nublado e sem lua. Um pouco de iluminação no jardim da Lucille vinha de um poste a meia quadra de distância. Era o suficiente para ver que havia uns entulhos espalhados pelo quintal.

Ranger encostou o carro e Vinnie saiu.

– Que porra é essa? – Vinnie falou, chutando os entulhos. – Essa é minha camisa. E minhas meias. – Ele andou até a porta e tocou a campainha. – Ei! – gritou. – Ei, Lucille!

Uma luz acendeu na janela do andar de cima, a janela se abriu e Lucille enfiou a cabeça para fora.

– Vinnie?

– É. Fui resgatado. Me deixe entrar. Estou sem chave.

– Sua chave não adiantaria de nada, seu imbecil. Troquei as fechaduras. Tire sua bunda pervertida do meu jardim.

– É meu jardim também.

– De jeito nenhum. Meu pai comprou essa casa pra gente e está no meu nome.

– Está no nome dos dois, meu docinho – disse Vinnie. – E você vai ter que me matar pra conseguir a outra metade.

– Sem problemas – concluiu Lucille.

Ela desapareceu da janela e Vinnie começou a recolher suas roupas.

– Não acredito que ela fez isso. Olhe pra essa camisa de seda jogada aqui na grama. E minha gravata pintada à mão.

Lucille reapareceu na janela com uma escopeta e deu um tiro na direção de Vinnie.

– Você está invadindo – falou.

– O que vai fazer? Atirar em mim e chamar a polícia? – Vinnie gritou.

– Não. Chamei meu pai. Ele já está a caminho.
– O pai dela desovou tantos corpos no lixão que ele tem o próprio lugar reservado para estacionar – Ranger disse.

Lucille disparou outro tiro e Vinnie correu desesperado para o jipe com os braços cheios de roupas.

Ranger ligou o carro e saiu do pátio.

– Você manda – Ranger falou para mim.

– Leve esse daí para o escritório.

O SUV preto estava estacionado em frente ao escritório de fianças. Tinha um grande corte no teto e o capô estava amassado em cima do porta-malas. Um segundo carro estava estacionado atrás do SUV.

– É melhor não pararmos aqui – falei para Ranger.

– Me dê uma arma. Vou tomar conta desses imbecis – Vinnie disse.

– Você já causou problemas demais – falei. – Não vou te dar uma arma. E, por favor, vista alguma coisa. Vou ter que desinfetar o banco de trás.

Ranger cortou a Hamilton, no Burgo, e parou em um cruzamento.

– Acho que você não vai querer levar o Vinnie para a sua casa – eu disse a Ranger.

Ranger olhou para Vinnie pelo retrovisor.

– Nós poderíamos negociar. O preço seria alto.

– Eu teria que me vestir como uma gueixa e massagear seus pés?

Ranger olhou para mim.

– Não era o que eu tinha em mente, mas seria um bom começo.

– Credo – Vinnie disse. – Vocês querem ficar a sós?

– Diga novamente por que mesmo você resgatou esse cara – Ranger disse.

Coloquei a Maglite de volta embaixo do banco do motorista.

— Vovó Plum e tia Mim.

— Talvez ele possa ficar com elas — Ranger disse.

— Infelizmente, não é uma opção — retruquei. — Ele pode ficar comigo essa noite.

Dei uma coberta e um travesseiro a Vinnie.

— Você pode passar uma noite aqui — falei. — Uma noite. Amanhã vai ter que encontrar outro lugar para ficar.

Vinnie jogou a coberta e o travesseiro no sofá.

— Não acredito que a Lucille me botou pra fora.

— Você foi pego com uma prostituta!

— Eu estava fazendo um favor a Lucille. Ela é uma boa mulher, mas é cheia de não me toques. Não faça isso, não faça aquilo. E eu? Tenho minhas necessidades. Tudo bem, então sou um pervertido, mas pervertidos têm direitos também. Eu seria considerado normal em alguns lugares. Borneo, talvez. Atlantic City.

Cruz-credo. Eu ia ter que passar um inseticida no apartamento depois que ele fosse embora.

— De qualquer forma, o problema maior não é a Lucille — Vinnie disse. — O grande problema é Bobby Sunflower. Você acertou um dos seus capangas na cabeça, e me tirou das mãos dele. Ele não vai gostar nada disso.

— Será que ele ia matar você se eu não tivesse aparecido?

— Com certeza. Eu seria um homem morto.

— Tudo por causa de umas apostas ruins.

Vinnie ligou a televisão, zapeou por uns vinte canais e desistiu.

— Sunflower está com problemas. Ele precisa de dinheiro e de respeito. Está no meio de uma guerra e não pode mostrar fraqueza.

— Que guerra? Com quem ele está brigando?

— Não sei. Talvez eu devesse ir àquelas terapias pra viciados em sexo. Você acha que isso ia me livrar dos problemas?

— Talvez com Lucille. Não acho que Harry vá acreditar nisso.

Meu braço estava ralado e tinha um rasgo no joelho por causa da queda. Teria sido muito pior se não tivéssemos caído em cima do SUV. Saí mancando da sala, fechei a porta, comecei a tirar a roupa e percebi que tinha uma ligação do Morelli no meu celular.

— Oi — Morelli disse quando retornei a ligação.

— Oi, você.

— Só queria saber se você estava em casa. Houve tiros no apartamento do Sunflower hoje à noite.

— Isso é novidade?

— Realmente — Morelli disse. — Também tivemos um relato de que houve tiros na casa do Vinnie. Lucille disse que atirou em um rato.

— Aquela vizinhança está cada vez pior.

— Eu deveria me preocupar? — Morelli perguntou.

— Difícil responder.

Morelli desligou e eu fui mancando até o banheiro. Fiquei no banho até que toda ferrugem saísse do meu cabelo. Quando terminei, olhei para o frasco de shampoo. Vazio. Minha geladeira também estava vazia. Eu precisava de dinheiro. Teria que fazer outra captura.

Vinnie voltou a usar somente cueca. Ele estava na minha cozinha, barba por fazer, cabelo arrepiado, os olhos meio abertos.

— Onde está o café? — perguntou. — Onde está o suco de laranja?

— Não tenho nada disso — falei. — Preciso fazer compras.

— Preciso de café. Lucille sempre preparava meu café.

— Não tem mais Lucille — retruquei. — Vá se acostumando. E depois de hoje, não tem mais eu. Você não pode ficar aqui.

— Para onde eu vou?

— Fique com um de seus amigos.

– Não tenho amigos. Tenho prostitutas e agentes de apostas. E meu agente quer atirar em mim.
– Você tem dinheiro?
Vinnie sacudiu os braços.
– Parece que eu tenho dinheiro? Minha carteira ficou para trás com minhas calças. Talvez nós devêssemos voltar e olhar o jardim da minha casa pra ver se Lucille jogou algum dinheiro e cartões de crédito com minhas roupas.
– E o escritório? Você não tem um caixinha com dinheiro vivo por lá? A Connie não tem um cartão de crédito corporativo?
– Acho que estamos com um pequeno problema de fluxo de caixa – Vinnie disse.
– Pequeno quanto?
– Devemos ter um milhão no vermelho, tirando alguns dólares.
– O quê?
– É complicado – Vinnie disse. – Problemas de contabilidade. Temos muitos fugitivos pendentes.
– Estou com uma pilha de fugitivos na bolsa, mas não acho que eles fariam muita diferença em um milhão. E os banqueiros que asseguram o escritório?
– Eles não respondem às ligações.
Caramba.
– Você tem três minutos para se vestir – falei. – Vou levá-lo para a casa dos meus pais. Quando eles estiverem fartos de você, eu penso no que fazer. Pelo menos pode tomar café lá antes de a minha mãe colocar você para fora.
Fiquei pensando se ligava antes, mas decidi não ligar. Se eu o largasse na soleira da minha mãe e arrancasse com o carro, ela teria que deixá-lo entrar, pelo menos um pouquinho. Se eu ligasse, ela poderia dizer não.
Vinte minutos mais tarde, parei o carro em frente à casa dos meus pais e Vinnie foi andando até a porta da frente. Contando

com a rara possibilidade de não ter ninguém em casa, eu não quis ir embora. Ele não tinha um celular para me ligar se eu tivesse que buscá-lo. Vi a porta da frente abrir e saí deixando marca de pneu na rua.

Passei na frente do escritório duas vezes antes de estacionar. Não vi o SUV amassado, nem caras raivosos andando com armas em punho, então imaginei que as coisas estivessem calmas pela manhã. Connie estava na sua escrivaninha. Lula ainda não tinha chegado.

– Não trouxe Vinnie com você, trouxe? – Connie perguntou. – Bobby Sunflower já me fez uma visita agora de manhã.

Eu me servi de um pouco de café.

– Ele acorda cedo.

– Acho que estava motivado. Ele quer o dinheiro ou Vinnie. Disse que, se não tiver uma das duas coisas até sexta-feira, vai eliminar o escritório.

– Eliminar?

– Da face da terra.

– Podia ser pior – falei. – De acordo com Vinnie, este escritório está com uma dívida de um milhão mais ou menos.

Connie parou por um instante.

– Vinnie disse isso?

– Sim. Você não sabia?

– Não cuido das contas. Vinnie tem um contador.

– Talvez devêssemos falar com esse contador.

– Ele está morto. Foi atropelado por um caminhão semana passada. Duas vezes.

– Isso não é bom.

– Não – Connie disse. – Nada bom.

– Sunflower sabe que fomos nós que pegamos Vinnie?

– Sabe, mas é muito humilhante deixar isso ir a público. E acho que ele preferiria ter o dinheiro a nos ver cheias de buracos.

Bebi um pouco de café e peguei um donut da caixa que estava na mesa de Connie.

– Então precisamos arrumar dinheiro.
– Já subiu para um milhão e duzentos.
– Machadinha é uma boa captura. O cara do papel higiênico não vale muito, mas pode ser fácil de capturar.
– Butch Goodey vale alguma coisa – Connie disse.
– Pensei que ele tivesse escapado para o México.
– Ouvi dizer que ele voltou semana passada, e que está trabalhando no abatedouro.

Butch Goodey tem 1,98m de altura e pesa mais ou menos 130 quilos. Ele é procurado por se expor para 13 mulheres no período de dois dias. Disse que elas tinham sorte de conseguirem ver o Sr. Magic, e colocou a culpa em um remédio para aumentar o desempenho sexual que resultou em uma ereção de 32 horas. O juiz que determinou a fiança de Goodey pediu o nome do remédio, escreveu em um pedaço de papel e guardou no bolso.

– Vou colocar Goodey como primeiro da lista – eu disse.

Lula entrou no escritório.

– Primeiro de que lista?
– A lista de capturas – respondi. – Precisamos arrumar dinheiro hoje.
– Então vamos atrás de Butch Goodey? Pensei que ele estivesse no México.
– Ele voltou. Está trabalhando no abatedouro.
– Odeio aquele lugar – disse Lula. – Me dá arrepios. Se passar por lá com as janelas do carro abertas, dá pra ouvir as vacas mugindo. Só deveríamos ouvir isso em uma fazenda. Quero dizer, no que o mundo está se transformando quando se consegue ouvir vacas mugindo em Trenton? E que raio de pessoa trabalharia em um abatedouro?
– Butch Goodey – respondi.

O abatedouro ficava abaixo do rio, no sul da cidade, no limite de uma área residencial em que moravam pessoas da classe trabalhadora ou desempregadas. Ele ocupava meio quarteirão, com uma parte dedicada a currais, onde o gado entrava, e umas plataformas de carregamento, de onde a carne de hambúrguer saía.

Às 9:30, a fábrica estava em ritmo total. Seria um dia de sol quente e maravilhoso, e a área em volta do abatedouro cheirava a vaca.

– Sabe no que isso me faz pensar? – perguntou Lula, descendo do jipe e ficando de pé no estacionamento. – Que eu poderia comprar uma nova bolsa de couro. Se terminarmos cedo hoje, vamos ao shopping.

Eu não achava que íamos terminar cedo. Esperava que fosse um dia muito longo. Era quinta-feira e não tinha como conseguir todo o dinheiro fazendo algumas capturas. Se não aparecêssemos com mais de um milhão de dólares até o dia seguinte, vovó Plum e tia Mim iriam usar preto.

TREZE

Lula e eu entramos na pequena recepção e falamos com a moça no balcão. Dei a ela meu cartão e disse que queria falar com Butch Goodey. A mulher correu o dedo por uma lista de nomes em uma prancheta e o localizou.

– No momento, ele está ajudando a descarregar – informou. – A forma mais fácil de encontrar Goodey é dar a volta no prédio pela parte de fora. É só sair, virar à esquerda e continuar andando. Vocês vão ver uma área onde os caminhões estão descarregando, e Butch deve estar por lá.

– Ainda bem que não tivemos que entrar no prédio – Lula disse. – Eu não quero ver os caras retalhando as vacas. Gosto de pensar que a carne brota no supermercado.

Viramos e chegamos a uma área onde o gado estava em um curral.

– Que tipo de vaca você acha que elas são? – Lula perguntou. – Vacas de hambúrguer ou de bife?

– Não sei – respondi. – Todas elas me parecem iguais.

– Sim, mas umas são maiores do que as outras, e algumas têm chifres. Essas aqui são bem pretas. Acho que são meu tipo de vaca.

Eu tinha uma foto de Butch. Antes da fuga para o México, já havia tentado encontrá-lo, então tinha uma ideia do que procurava, e com 1,98m de altura e 130 quilos, não deveria ser tão difícil encontrá-lo. Varri com os olhos a área dos currais de espera e o vi, uns 30 centímetros mais alto do que todo mundo. Ele olhava por cima de um portão que levava o gado de um curral a uma rampa que dava para o prédio.

Eu estava com algemas enfiadas na minha calça, mas não sabia ao certo se elas eram grandes o suficiente para os pulsos de Butch. Eu também tinha algemas descartáveis presas na fivela do cinto, mas era difícil ser discreta com elas. Minha esperança era que eu pudesse convencê-lo a ir ao centro da cidade comigo a fim de marcar uma nova data para comparecer ao tribunal.

– Fique aqui perto do caminhão de gado – orientei Lula. – Não quero assustar o Butch com as duas indo até ele. Vou dar uma circulada e tentar falar com ele.

– Claro – Lula disse. – O que você quer que eu faça se ele fugir?

– Agarre o cara e coloque as algemas nele.

– Combinado.

Butch estava levando o gado, um por um, pela rampa, concentrado na tarefa. Dei a volta no curral, movendo-me atrás do caminhão de gado vazio e apareci por trás dele. Eu estava segurando as algemas, medindo seu pulso de gargântua quando ele se virou e me viu.

– Você! – disse. – Eu conheço você. É a caçadora de recompensas.

– Sou, mas...

– Eu não vou pra cadeia. Você não pode me forçar. Não foi minha culpa.

Butch pulou para dentro do curral com as vacas assustadas e correu para o portão perto do caminhão. Lula o viu indo na direção dela, abriu o portão para agarrá-lo, e o resto foi um verdadeiro pesadelo. Quando o portão se abriu, todas as vacas levantaram a cabeça e sentiram o cheiro da liberdade. Butch passou pelo portão primeiro, jogando Lula de bunda contra a cerca. Ele foi seguido pelo estouro da boiada. As vacas saíram do curral, foram para o estacionamento e se espalharam. Em questão de segundos, não havia mais nenhuma vaca.

Os motoristas dos caminhões e os vaqueiros ficaram de pé, boquiabertos, congelados no mesmo lugar por um minuto.

– Que porcaria foi essa? – alguém finalmente disse.

Lula ficou de pé e arrumou a bolsa no ombro.

– Vou processar alguém – ela disse. – Eu poderia ter morrido. Sorte que não fui pisoteada. Esse abatedouro é negligente. Vou ligar para o meu advogado.

– Foi você que abriu o portão – falei.

– Fui eu, sim, mas eles deveriam ter uma tranca, então eu não conseguiria abrir. De qualquer maneira, como é possível existir vacas em Trenton? Quantas vezes tenho que fazer essa pergunta?

Alguém gritou a meia quadra de distância e eu ouvi o barulho de vacas descendo uma rua qualquer. Homens brotavam do abatedouro, organizando equipes de busca. Uma vaca grande e gorda trotou no estacionamento, três homens foram atrás, e ela fugiu em direção ao 7-Eleven, na Broad.

– Bem, acho que terminamos por aqui – Lula disse. – E agora?

– Agora vamos andar por aqui e tentar encontrar o Butch.

Saímos do estacionamento antes que alguém lembrasse que foi Lula que abriu o portão.

– Ficar aqui no meio dessas vacas me abriu o apetite – Lula disse, entrando no jipe. – Não me importaria em comer um hambúrguer.

Coloquei a chave na ignição.

– Depois que acharmos Butch.

– O que faremos se encontrarmos o grandalhão? – Lula quis saber. – Você vai atropelar com o jipe? Parece que é a única maneira de pegar esse cara. Ele é tão grande quanto uma dessas vacas.

Dirigi para fora do estacionamento, virei na esquina e parei para deixar uma vaca atravessar a rua na minha frente.

— Aposto que isso acontece sempre — Lula disse. — Essas pessoas devem estar acostumadas a ter vacas em seus quintais. Provavelmente é como morar do lado da prisão. Aposto que deve ter gente fugindo da prisão todos os dias também.

Tudo era possível, mas pelo tempo que vivi em Trenton, que foi toda a minha vida, nunca ouvi falar de vacas fugindo do abatedouro.

Dois carros de polícia passaram correndo por um cruzamento uma rua acima. Dava para ouvir homens gritando uns com os outros, e escutei uma vaca não muito longe. Um homem surgiu entre duas casas com uma vaca o perseguindo. O cara subiu no teto de um carro e a vaca correu em outra direção.

Passei de novo pelo abatedouro e localizei Butch entrando no carro. O estacionamento estava cheio de vacas e vaqueiros histéricos, então decidi seguir Butch e tentar capturá-lo em outro lugar.

Butch pegou a Broad com direção à Hamilton, localizou o caminho para o Cluck-in-a-Bucket, e foi direto para o drive-through. Ele dirigia um Taurus branco de milhares de anos atrás. Fácil de seguir.

— É o suficiente para que eu tenha fé — Lula disse. — Isso não é bom? Seguimos um idiota até o Cluck-in-a-Bucket. Logo quando também estou com fome. Aposto que é a garrafa. Você está com ela, não é?

— Estou.

— Sabia — Lula disse. — A garrafa está funcionando pra gente.

Butch fez o pedido, parou na janela seguinte e eu fui atrás.

— Quero fazer um pedido — Lula falou. — Pare na janela.

— Eu não vou ficar presa no drive-through. Se ele estacionar, você pode entrar e pedir, enquanto eu faço a captura. Se ele for embora com a comida, você vai ter que esperar.

— Tudo bem, pode ser assim — Lula concordou. — Parece um plano.

Butch pegou a comida e estacionou de frente, ao lado da lanchonete. Lula desceu do jipe e entrou na lanchonete, e eu estacionei exatamente atrás de Butch, bloqueando sua saída. Minha primeira opção era falar com ele e convencê-lo a ir ao centro da cidade comigo. A segunda era atirar nele com minha arma de choque e algemá-lo ao seu carro. Depois, eu pagaria um guincho para levá-lo à delegacia. Normalmente, eu dou choque em um cara e Lula e eu o colocamos no banco de trás do meu carro. Considerando o peso em excesso de Butch, não seria prático carregá-lo.

Fui até o Taurus e me inclinei para falar com o Butch. Ele pulou ao ouvir minha voz, um pedaço de hambúrguer caiu de sua boca e ele ficou tremendo que nem uma garota.

– Eu só quero falar com você – informei.

– Eu não vou para a prisão! – ele gritou.

Ele engatou a marcha a ré e eu o acertei com a arma de choque. Ele se contraiu e gemeu, mas foi só isso. O Taurus bateu no jipe do Ranger e o empurrou uns três metros amassando completamente a lateral esquerda. Butch passou a primeira marcha, subiu a calçada, fez uma curva fechada e saiu do estacionamento.

Lula apareceu rebolando com dois sacos de comida e ficou parada olhando para o jipe.

– Você está encrencada – ela disse. – Destruiu o jipe do Ranger. – Ela olhou em volta. – Onde está o Butch?

– Foi embora.

– Ele deve comer bem rápido.

– Eu fui até o carro dele e ele entrou em pânico. Dei um choque nele, mas não surtiu nenhum efeito.

– Está de sacanagem – ela disse. – No caso dele, você precisa de um aguilhão.

Peguei o celular e liguei para o Ranger.

– Gata – ele disse.

– Má notícia. Eu meio que destruí o seu jipe.

– Era só uma questão de tempo – ele disse. E desligou.

Cinco minutos depois um SUV do Rangeman entrou no estacionamento. Hal e outro cara saíram, olharam para o jipe e sorriram.

– Sem ofensas – Hal disse. – Mas você já fez melhor.

Era verdade. Uma vez eu estava dirigindo o Porsche do Ranger e ele ficou amassado que nem panqueca por causa de um caminhão de lixo. Difícil ser pior do que isso.

– Raphael vai cuidar do jipe – Hal disse. – E eu estou à sua disposição. Aonde as moças gostariam de ir?

– Para o escritório de fianças – falei. – Precisamos nos reunir.

– Como foi? – Connie perguntou. – Pegaram alguém?

– Não – Lula respondeu. – Mas acabamos com o jipe do Ranger. E fizemos outras coisas, mas acho que não quero falar sobre isso.

Connie levantou as sobrancelhas para mim.

– Lula abriu um portão no abatedouro e soltou um bando de vacas – falei. – Elas devem estar em Bordentown nesse momento.

– Elas estavam que nem vacas da Fundação Born Free – Lula disse.

– Não estamos indo muito bem nesse setor de levantar dinheiro – Connie disse.

Eu me esparramei na cadeira laranja em frente à escrivaninha dela.

– Talvez devêssemos ligar para a polícia.

– Ou podemos mandar o Vinnie para o Brasil – Lula disse. – Colocaríamos o traste em um programa de proteção à testemunha.

Meu telefone tocou e eu soltei um gemido quando vi o número. Era minha mãe.

– Quando é que você vem pegar esse cara? – ela perguntou.

– Quem?

— Você sabe quem! Ele está sentado na cadeira do seu pai, assistindo à TV e bebendo café.
— Lucille chutou o Vinnie pra fora de casa.
— Bom pra ela — minha mãe disse. — Eu também faria isso, mas não consigo tirar esse cara da cadeira. Quando você vem?
— Então — comecei. — Ele não tem pra onde ir.
— Ele não pode ficar aqui. E eu juro que nunca mais vou fazer bolo de abacaxi pra você se não o tirar daqui.
— Já estou indo. — Peguei a bolsa e me levantei. — Precisamos pegar o Vinnie — disse a Lula. — Minha mãe já está de saco cheio dele.
— Você não pode trazer esse cara pra cá — Connie disse.
— Ele pode ficar na sua casa?
— Nem por um segundo.
Olhei para Lula.
— Não-não — Lula disse. — Eu nem gosto dele. E assim que ele ficar sozinho, vai experimentar meus melhores vestidos — A atenção da Lula mudou para a janela de vidro na frente do escritório. — É o Moon Man — ela falou.
Mooner empurrou a porta e fez um sinal de paz para nós.
— E aí?
— Tudo bem — falei. — E você?
— Não sei. Acho que devem ter colocado uns cogumelos loucos na minha pizza ontem à noite. Estava dirigindo agora pela Broad e juro que pensei que tivesse uma vaca caminhando pela rua.
— Hum — Lula disse. — Isso é louco mesmo.
— Algumas vacas se soltaram do abatedouro essa manhã — disse a Mooner.
Mooner bateu no peito.
— Que alívio enorme! A última vez que vi vacas descendo a rua tive que ir para a reabilitação.
— O que você estava fazendo na Broad? — perguntei.

– Estava entregando panfletos. Vou deixar alguns com vocês também. – Mooner colocou uma pilha de papéis na mesa da Connie. – A Alliance está fazendo o evento anual Hobbit Con, e eu estou no comando esse ano. É uma grande honra.

– Nunca fui a um Hobbit Con – Lula disse. – O que vocês fazem lá?

– Você se veste como um Hobbit – Mooner disse. – E ganha um nome de Hobbit. E tem todos os tipos de comida de Hobbit. E jogos de Hobbit. E música de Hobbit.

– Acho que posso gostar – Lula disse, pegando um panfleto da mesa da Connie e lendo. – Estou sempre aberta a novas experiências. Você tem um nome de Hobbit? – Lula perguntou a ele.

– Bungo Goodchild – Mooner respondeu.

– Interessante – Lula disse. – Qual seria meu nome?

– Você poderia ser Alyvan Jumpswell of Fair Downs – Mooner disse. – E Connie poderia ser Primula Boffin.

– E se eu não quiser ser Primula Boffin? – Connie disse.

– E a Stephanie? – Lula quis saber. – Qual o nome dela de Hobbit?

– Ysellyra Thorney.

– Isso, ela parece uma Ysellyra Thorney – Lula disse.

– Estou com um problema – falei para Mooner. – Vinnie foi chutado pra fora de casa e não tem onde ficar. Você acha que poderia ficar com ele pra mim essa tarde e talvez à noite?

– Uau, eu ficaria honrado – Mooner disse. – Vinnie é o cara. Ele é tipo famoso. Ele dirige a CSA.

– O que é CSA? – perguntei.

– Convenção do Sexo Alternativo. É um negócio de primeira.

– Estou chocada – Connie disse.

– É – Mooner falou. – A CSA é enorme. Talvez Vinnie possa me dar uns conselhos.

— A menos que você consiga Hobbits que vistam calças de vaqueiro e nada mais, provavelmente não vai querer nenhum dos conselhos do Vinnie — Lula disse.

— Lembra onde meus pais moram? — perguntei a Mooner.

— Lembro. Poderia chegar lá de olhos fechados.

Escrevi o endereço no verso do meu cartão e entreguei a Mooner.

— Só por precaução — falei. — Me ligue se houver qualquer problema. Não perca Vinnie de vista e fique longe da rua Stark.

Mooner saiu do escritório e, minutos depois, ouvimos um barulho de cano de descarga e o trailer do Mooner desceu a rua.

— Você acha que pode confiar nele para manter o Vinnie escondido? — Lula perguntou.

— Se o Vinnie quiser continuar vivo, ele vai precisar ficar escondido.

Liguei para a casa dos meus pais e pedi para falar com o Vinnie.

— Mooner está indo pegar você — falei. — Ele vai deixar você ficar no trailer dele. Não saia de lá!

Olhei o relógio.

— Já está quase na hora do almoço — falei para Lula. — Vamos procurar o Machadinha.

— E o Butch? — Connie perguntou.

— Preciso de um endereço. Duvido que ele vá voltar para o trabalho. E se eu vou ter que pegar esse cara, preciso fazer isso rápido. Ele não quer ir pra cadeia. E vai fugir de novo.

CATORZE

Ao sairmos do escritório, Lula olhou para os dois lados da rua.
– Tinha quase certeza de que já teria um novo carro preto aqui – ela disse. – Você não acha que acabaram os carros do Ranger, acha?
– Talvez eu tenha esgotado a cota do mês.
Um SUV verde parou atrás do Firebird da Lula e Morelli saiu.
– Volto em um minuto – falei para Lula e fui encontrar Morelli.
Morelli se aproximou de mim, com as mãos na minha cintura, e cheirou meu pescoço.
– Isso é uma visita social? – perguntei.
– Não completamente. Queria ver se você estava com cheiro de vaca.
Afastei-me e olhei para ele.
– Então?
– Não.
– É contra a lei ter cheiro de vaca?
– É, se você deixar um rebanho solto na cidade.
– Como você soube?
– Vários empregados que foram entrevistados lembraram de ter visto uma mulher negra com cabelo vermelho e seios grandes e uma garota bonita com um rabo de cavalo.
– Eles me acharam bonita?
– Todo mundo acha – Morelli disse.
– E você?

— Eu principalmente. Mas o que é que você estava fazendo no abatedouro?

— Estava atrás do Butch Goodey. E foi tudo um acidente.

— Você acidentalmente começou um estouro?

— Não eu, para ser mais exata. Butch estava trabalhando no curral e entrou em pânico quando me viu. E fugiu. As vacas fugiram com ele.

Morelli colocou a mão no peito.

— Azia — disse. — Você tem um remédio?

— Muito estresse — falei. — É o seu trabalho.

— Não é o meu trabalho. É você. Você é um ímã para desastres.

— Então arrume outra namorada. Uma mulher chata que lembra de comprar pão.

— Talvez eu arrume — Morelli retrucou.

— Ótimo!

— Ótimo você!

— Hum — falei, virando e voltando para o Firebird de Lula.

— Parece que foi tudo bem — Lula disse.

— Só dirija.

— Não fique toda irritadinha comigo só porque você não está se dando bem.

— Eu poderia, se quisesse.

— Sabe qual é o seu problema? Você tem muitos escrúpulos. Um ou dois tudo bem, mas você tem muitos, e isso atrapalha tudo.

O que ela disse não fazia sentido nenhum, mas provavelmente estava certo.

— Eu tenho alguns escrúpulos — Lula disse. — Mas sei quando parar. Tem uma hora que você deve dizer chega e que se danem os escrúpulos.

— Essa conversa vai chegar a algum lugar?

— Se fosse eu, dormiria com os dois e, quando eles descobrissem, eu daria o fora. *Sayonara*, queridos.

— Jesus!

Lula olhou para mim.

– Talvez isso não funcione com você.

Dei um pulo para frente no meu banco.

– É ele! O Machadinha acabou de passar por nós. Lexus preto, vidro fumê, rodas chamativas e a placa começando com CH.

– Vou atrás – Lula disse. – Fique de olho nele.

Havia três carros entre nós. O trânsito estava moderado na Hamilton àquela hora do dia.

– Ele entrou à direita na Chambers – falei para Lula.

– Ele vai a um dos lugares onde costuma comer hambúrguer – Lula disse. – Aposto que está indo pro Meat & Go. É só seguir em frente.

Perdemos o Lexus de vista na Chambers, mas o localizamos estacionado no Meat & Go. O Machadinha daria uma boa recompensa, e eu estava cansada de me dar mal. Esse não ia escapar de forma alguma.

– Estacione atrás dele para bloquear o carro – falei para Lula.

– Está maluca? Este é meu bebê. Não vou deixar meu bebê ser arrastado. Nós vimos o que aconteceu com o jipe do Ranger. Vou estacionar bem longe, onde ninguém consiga colocar o carro do meu lado e amassar minha porta.

– Tudo bem, então – falei. – Apenas estacione.

Saímos do Firebird e fizemos um inventário. Lula tinha algemas, spray de pimenta, arma de choque, uma pistola Glock, uma Derringer com empunhadura de pérola, um canivete e um soco inglês. Eu estava com minha .45, algemas, spray de pimenta e arma de choque. Lula queria usar todas as coisas do arsenal dela. Eu não queria usar nada.

– Sem exagerar – falei.

– Claro, eu sei disso – Lula disse. – Só saia do meu caminho. Vou empacotar esse idiota.

– Não! Deixe que eu falo com ele. Ele é profissional. Vai cooperar.

– Você sempre diz isso, e aí eles fogem bem na sua cara.
Coloquei a mão no peito e gemi.
– Algo errado? – Lula perguntou.
– Acho que estou com azia. O que é que se sente quando tem azia?
– Dor.
– Estou com dor. Você tem remédio?
– Não. Nunca tenho problemas de azia porque mantenho uma atitude positiva. E tenho uma boa digestão, já que como bem.
– Você come de tudo.
– Exatamente. Eu tenho uma dieta variada. Até quando eu estava naquela dieta de uma coisa de cada, que por sinal já larguei, eu tirava o máximo de proveito.
Era verdade.
– Fique atrás de mim – falei. – Vou entrar.
Eu havia deixado as algemas em um lugar bem acessível, e a arma de choque estava na minha mão. Verdade, ela não funcionou com o Butch, mas isso foi um fato isolado. Atravessei o estacionamento e bati no vidro fumê do motorista. A janela abriu e o Machadinha olhou para mim. Eu o conhecia de vista. Ele parecia com o Joe Pesci, se o Joe Pesci fosse cubano.
– Mortimer Gonzolez? – perguntei.
– Sim. Que foi?
– Cumprimento de fianças – falei. – Você precisa vir comigo para marcar uma nova data no tribunal.
Tecnicamente, isso estava correto, mas a verdade é que era papo furado. Ele precisava vir comigo para ficar preso até que alguém viesse pagar novamente a fiança dele. E pagar a fiança iria custar mais dinheiro a ele.
– Vai se ferrar – ele disse. E levantou o vidro.
– Correu tudo muito bem – Lula disse.
– Se disser isso mais uma vez, eu vou usar arma de choque e todo o spray de pimenta em você – disse a ela.

Lula apontou a Glock para o pneu da frente e atirou quatro vezes. A porta do motorista abriu e Machadinha saiu num salto, olhou para o pneu e depois para Lula.

– Você está louca? – gritou. – Sabe quanto custa um pneu desses? Não é um pneu comum. É um *Run Flat*.

Coloquei a algema descartável no pulso dele e ele tentou me socar. Eu me abaixei e dei um choque nele. Seus olhos ficaram vagos e ele caiu no chão.

– Acho que finalmente conseguimos pegar um – Lula disse.

Coloquei a segunda algema descartável no Machadinha e Lula e eu o arrastamos para o Firebird.

– Cuidado pra não colocar os sapatos dele no meu estofamento de couro – Lula disse. – Acabei de decorar.

Colocamos o Machadinha no banco de trás e nos cumprimentamos, batendo as mãos.

– É disso que eu estou falando – Lula disse, entrando no Firebird. – Agora estamos com sorte. É a garrafa. Você está com ela, não é?

Fui para o banco do carona e coloquei o cinto.

– Está na minha bolsa.

Lula dirigiu por duas quadras e parou em uma loja de conveniência.

– Tenho uma ideia. A garrafa está funcionando pra nós, certo?
– Acho que sim.
– Então vamos fazer o seguinte: vamos comprar um bilhete de loteria enquanto estamos com sorte. Aposto qualquer coisa que ganharemos uma pilha de dinheiro.
– Quem vai pagar pelo bilhete?
– Você – Lula disse.
– Acho que não.
– Gastei meus últimos vinte em hambúrgueres. – Lula olhou pelo retrovisor. – Aposto que o Machadinha tem dinheiro.
– Nem pense nisso.

Lula tirou o cinto e saiu do carro.

– Só estou pegando emprestado. Vou devolver logo depois que a gente ganhar.

– E se não ganharmos?

– Claro que vamos ganhar. Você está com a garrafa.

Lula se inclinou sobre Machadinha e tirou sua carteira. Pegou uma nota de vinte e colocou a carteira de volta no bolso da jaqueta dele.

– Só estamos pegando emprestado – ela falou para o Machadinha. – Já voltamos.

– Não existe nós – falei. – Não quero fazer parte disso.

– Já vem você com os escrúpulos de novo. Você precisa aprender a diferença entre um escrúpulo verdadeiro e um escrúpulo inútil.

– Nós não roubamos das pessoas que capturamos.

– Pegamos emprestado – Lula disse. – Estamos pegando emprestado. E é por uma boa causa. Isso sempre faz a diferença.

Eu estava com os braços cruzados, sem me mover.

– Você vai ter que sair do carro e vir comigo – Lula disse. – É você que está com a garrafa da sorte. Além disso, eu não vou voltar para trás do volante enquanto não fizermos isso. E vou prender a respiração também.

– Ah, pelo amor de Deus! – falei, tirando o cinto. Saí do carro, bati a porta e entrei na loja batendo os pés.

– Queremos um bilhete – Lula disse para o funcionário. – Aqui estão nossos vinte dólares emprestados, o que está tranquilo porque temos uma garrafa da sorte. E não temos tempo pra loteria. Vamos pegar esses de raspar, de cinco dólares.

Lula pegou os bilhetes e começou a raspar. Nada no primeiro. Nada no segundo. Nada no terceiro.

– É esse aqui – disse Lula. – Posso sentir. Esse é o bilhete da sorte. – Ela raspou o bilhete e gritou: – Ganhei! Ganhei! Sabia que ia ganhar. Não falei?

Olhei por cima do ombro dela.
– Quanto você ganhou?
– Dez dólares.
– Não quero ser estraga-prazeres, mas você gastou vinte pra ganhar dez.
– Sim, mas eu ganhei. Precisamos de mais dinheiro, agora que estamos com sorte. Esse é só o começo.
– Não temos mais dinheiro.
– O Machadinha tem. A carteira dele estava cheia de dinheiro. Só precisamos pegar mais emprestado.
– Não!
– Tudo bem, mas como vamos devolver o que pegamos se não pegarmos mais?
– Envio a ele por correio – falei.
Lula entregou o bilhete e pegou os dez dólares.
– Calma aí – ela falou. – Preciso de um biscoito. Estou com desejo de comer biscoito. – Lula foi para a seção de biscoitos e voltou com um monte de bolsas e caixas.
– Dá doze dólares e cinquenta – o funcionário falou.
Lula olhou para mim.
Suspirei, enfiei a mão na bolsa e tirei dois dólares e uns trocados.
– Agora podemos comemorar nossa vitória – Lula disse.
Pegamos os biscoitos e voltamos para o Firebird.
– Que droga é essa? – Lula disse.
Nada do Machadinha.
– Será que nós colocamos ele no porta-malas e eu esqueci? – Lula perguntou.
– Ele está a pé, provavelmente tentando voltar para o carro. Talvez possamos alcançá-lo.
Lula saiu do estacionamento e dirigiu de volta as duas quadras até o Meat & Go. O Lexus SUV preto tinha sumido.
– É, mas você tem que ver pelo lado bom – Lula disse. – Ganhamos na loteria.

Tirei um pacote de *Hostess Snowballs* da sacola e enfiei um bolinho na boca.

– Veja se consegue achar esse infeliz – eu disse para Lula.

Passamos pelos outros restaurantes e Lula passou pelo prédio do Machadinha. Nenhum Lexus SUV estacionado lá, também. Ele devia estar em outro lugar tentando tirar as algemas.

– Sem ofensas. E eu não quero blasfemar contra a sua garrafa. Mas estou começando a achar que essa garrafa da sorte é uma bosta – Lula disse.

Eu estava feliz que ela pensasse daquele jeito, porque com a garrafa e minha Smith & Wesson, minha bolsa estava me dando torcicolo. Eu ficaria mais feliz em deixá-la em casa no dia seguinte.

Connie me ligou.

– Tenho informações sobre Butch Goodey – ela disse.

Eu esperava que a informação fosse que ele tinha sido visto embarcando para a Antártica. Eu não me importaria se nunca mais visse Butch Goodey. Era como tentar capturar o King Kong.

– Tenho um endereço atual no registro de emprego dele e dos seus irmãos também. No documento original da fiança devem constar os irmãos – Connie disse.

Um endereço atual. Merda. Desliguei e me joguei no banco.

– O que foi? – Lula quis saber.

– Connie tem um endereço para Butch.

– Merda – Lula disse. – Não gosto nem um pouco dessas pessoas que temos que capturar. Elas são muito grandes e sorrateiras. E ninguém quer ser pego. Por outro lado, o idiota grandão me derrubou, e eu estou com uma mancha na minha saia. Vou ter que levar para a lavanderia. Ele deveria pagar por isso.

– Ele mora na rua Keene, em uma daquelas casas geminadas pequenas.

– Estou dentro – Lula disse.

QUINZE

O Taurus branco estava estacionado no meio-fio em frente à casa geminada de Butch. Originalmente, essas casas eram de uma empresa que fazia tubos de porcelana. Elas tinham um andar, doze unidades grudadas umas nas outras, com telhas de amianto marrom e revestimento. Sem jardim. Nenhuma varanda, nem na frente nem atrás. Estacionamento na rua. Um pouco depressivas, mas o encanamento funcionava em quase todas.

– Precisamos de um plano – Lula disse. – Eu não quero ser derrubada de bunda no chão outra vez.

– A arma de choque não funciona com ele, então vou tocar a campainha e, quando ele atender, vou jogar spray de pimenta. A gente se afasta pra deixar o spray baixar, e depois colocamos as algemas descartáveis nele.

– Se eu tiver que atirar nele, vou acertar no pé – Lula disse.

– Sem tiros!

– Você sempre diz isso.

– Atirar não é bom. Machuca as pessoas. E você pode ir pra cadeia.

Lula fez beicinho. Os olhos dela se apertaram.

– Ele me fez manchar a minha saia.

– A gente não atira nas pessoas por causa de uma mancha na saia.

– Eu só ia atirar no pé.

A dor no meu peito voltou. Eu arrotei e ela passou.

— Você está com problemas de digestão — Lula falou.

— Eu nunca tive isso antes.

— Provavelmente é porque você está ficando velha — Lula disse.

— Coisas assim acontecem quando a gente fica velha. Ou talvez você esteja grávida. Opa, calma aí, você não está grávida, considerando que não está pegando ninguém.

— A gente poderia se concentrar, por favor, no problema que temos agora, que é capturar o Pé-grande?

— Claro — Lula respondeu. — Posso fazer isso.

Andamos até a porta e toquei a campainha. Eu estava com o spray de pimenta na mão, pronto para uso. Lula estava posicionada atrás de mim. Depois de alguns segundos, a porta se abriu e Butch olhou para nós, parecendo um gigante na sua casinha minúscula.

— Merda! — falou.

Joguei spray de pimenta no rosto dele e saltei para trás. Ele berrou e ficou de um lado para o outro, balançando os braços, com os olhos fechados.

— Ai! — gritou. — Aiiiiiiiiii!

Eu estava pulando em volta, tentando agarrar um pulso.

— Segura ele — falei para Lula. — Pega um braço.

— Eu não consigo pegar a bosta do braço — Lula disse. — Ele não fica parado.

Butch levantou o braço, com os olhos ainda fechados, derrubou Lula a uns três metros e passou por mim como um touro feroz.

— Arrrrgh! — ele berrou. — Aaaaaah!

O nariz dele escorria e os olhos derramavam lágrimas, mas nada o fazia parar. Ele saiu pela porta, direto para a calçada, e fugiu. Corri atrás dele, gritando para Lula me ajudar. Fui encontrá-lo a meia quadra e ele virou o quarteirão, atravessou a rua e cortou por um quintal. Dava para ouvir Lula correndo atrás de mim, com dificuldade para respirar. Eu não estava exatamente respirando com facilidade e pensei que talvez tivesse sido melhor deixar Lula atirar no pé dele, porque eu não tinha ideia do que fazer depois que o pegasse.

Ele chegou a uma cerca alta de madeira, parou e eu fui ao encontro dele e o segurei com força. Lula veio atrás de mim e o agarrou, e nós todos caímos no chão. Meu medo agora era que Butch e Lula rolassem por cima de mim e eu ficasse amassada que nem panqueca. Nós ficamos lutando, Butch tentando ficar de pé e Lula e eu tentando ficar vivas.

– Coloque as algemas nele! – Lula gritava. – Chuta as bolas dele. Enfia o dedo no olho dele.

Eu estava tentando, mas sem sorte. Ele era muito grande, muito pesado, muito forte, e estava muito assustado com a prisão. Tentei colocar as algemas de plástico, mas ele me jogou para longe como se eu fosse um inseto. Fui arremessada a uns centímetros de distância e caí em cima de uns sapatos pretos sociais com uma calça cargo preta. Ranger. Ele me deu a mão e me puxou.

– Precisamos conversar – falou.

– Me ajude – Lula disse. – Tire esse palhaço de cima de mim. Não consigo respirar.

– Larga – Butch disse a Lula. – Me larga.

Ranger se intrometeu e separou os dois. Butch ficou de pé e estava pronto para fugir.

– Parado! – Ranger ordenou.

Butch obedeceu imediatamente. Ranger tirou as algemas da minha mão e prendeu Butch.

– Como você faz isso? – perguntei.

– Eu falo com autoridade.

– Pode me ensinar a fazer isso?

– Não – ele respondeu.

Ele ligou pedindo reforços, pegou Butch pelo braço e andou com ele até a rua. Seu Porsche Turbo estava estacionado no meio-fio.

— Como você me encontrou? – perguntei.

— Liguei pra Connie e ela me deu o endereço de Goodey. Eu estava na rua e você passou correndo por mim.

— Não vi você.

— Você estava com os olhos no prêmio.

Lula estava logo atrás de nós, arrumando a saia e ajeitando os seios.

— Esse deve ser o Dia de Jogar Lula de Bunda no Chão – ela disse. – Não sei por que tento parecer profissional. Ou estou caindo das escadas ou rolando com vacas ou lutando com idiotas, estragando todas as minhas roupas. É melhor vir trabalhar vestindo um saco de lixo.

Ranger sorriu, mas nada disse.

— E eu vi esse sorriso – Lula disse para ele. – É melhor não ficar rindo de mim.

— Seria um crime contra a humanidade ver você vestida com um saco de lixo – Ranger disse.

— Hum. Você está tentando me bajular? – Lula perguntou.

— Estou – Ranger respondeu.

— Acho que está funcionando.

— Presumo que você precise de um carro – Ranger me disse. – Posso pedir para um dos meus homens levar o Goodey pra você, e você pode voltar para a Rangeman e escolher algo... outra vez.

— Fico feliz em ouvir isso – Lula disse. – Porque eu preciso ir pra casa e fazer um ajuste no guarda-roupa.

Cinco minutos mais tarde, o SUV da Rangeman parou no meio-fio e levou o Goodey. Eu entrei no Turbo ao lado de Ranger e relaxei encostando-me ao banco.

— Dizem por aí que Bobby Sunflower pegou dinheiro do homem errado – Ranger disse.

— Outro cara mau?

— É o que estou sentindo. Sunflower ganha muito dinheiro chantageando e extorquindo empresários honestos para que roubem dos próprios clientes. Os donos se envolvem com ele e são forçados a desviar dinheiro, fazendo registros de saídas de caixa que não existiram. Quando os negócios finalmente quebram, e os credores e clientes vão buscar a prestação de contas, Bobby já evaporou. É um procedimento-padrão da máfia. Todo o dinheiro é retirado de negócios legítimos, e os verdadeiros proprietários é que pagam o pato. Eles é que vão para a cadeia, pulam de pontes ou explodem os miolos. Parece que dessa vez Sunflower mexeu com a empresa errada e pisou em alguns calos poderosos.

– Isso se conecta a mim?

Ranger cruzou a Hamilton e foi para o centro da cidade.

– Pode ser que sim. Se Sunflower tinha controle sobre os negócios do Vinnie de forma que não sobrou dinheiro nenhum, alguém poderia acabar indo para a cadeia, e não seria Sunflower.

– Vinnie tem alguma saída?

– Não sei. Não sei o quanto ele está envolvido com os caras maus. Acho que foi sequestrado porque Sunflower está desesperado por dinheiro, e pensou que Vinnie fosse a galinha dos ovos de ouro. Ele estava contando que Harry fosse pagar para Vinnie ser solto.

– Mas Harry não faria isso.

– Não, e agora Sunflower está encrencado. Se ele não arrumar o dinheiro, não só perderá o respeito, mas provavelmente será morto.

Ranger entrou em uma esquina, dirigiu meia quadra, entrou na garagem subterrânea da Rangeman e estacionou no local reservado para ele em frente ao elevador. Ele tinha quatro vagas para seus veículos pessoais. Geralmente eram o Porsche Turbo, o Porsche Cayenne e uma picape F150 personalizada. Um Mercedes preto cintilante com rodas transadas estava na quarta vaga. Esperava que fosse a minha.

Ranger fechou a porta do Porsche.

— Se você olhasse pra mim com metade do desejo com que está olhando pra esse Mercedes, eu te levaria lá pra cima e faria com que nunca mais quisesse sair da minha cama.

— O Mercedes é pra mim? — perguntei.

— É.

— E da cama... Alguma hora eu teria que sair, não é?

— É — Ranger respondeu.

— Por que você fica me dando carros?

— É divertido — Ranger disse. — E mantém você em segurança. Quer saber por que deixar você em segurança é importante pra mim?

— Você me ama?

— Amo.

Um suspiro escapou inadvertidamente.

— Estamos realmente ferrados, não é?

— De uma forma bem grande — Ranger disse.

Ele deslizou o braço pelo encosto do meu banco, inclinou-se e me beijou. Quando o beijo terminou, nossos olhos se encontraram. E eu tinha bastante certeza de que ele sabia que tinha valido o Mercedes.

Estacionei meu novo carro em frente ao escritório e entrei.

— Cadê a Lula? — Connie perguntou.

— Foi pra casa se trocar. A minissaia não estava dando certo.

— Parece que você está de carro novo.

— É um empréstimo do Ranger.

— Espero que você tenha agradecido a ele.

— Estou pegando fiado — falei.

Meu celular tocou e eu atendi. Era Ranger.

— Más notícias — ele disse. — Goodey não chegou até a delegacia. Ele ficou enjoado no caminho, e quando os caras pararam para ajudá-lo, ele conseguiu se soltar das algemas descartáveis, roubou o SUV e fugiu.

– Você está brincando!

– Bem que eu gostaria – Ranger disse. – Conseguimos recuperar o SUV, mas nada do Goodey. – E desligou.

Uma sombra apareceu no escritório quando o sol da tarde foi bloqueado pela carcaça gigante do trailer do Mooner estacionando atrás do meu Mercedes.

– Saudações, Hobbits Primula Boffin e Ysellyra Thorney – Mooner disse, aparecendo no escritório. – Como estais?

Mooner usava uma camiseta com propaganda de cerveja, calça capri vermelha, chinelos e uma capa marrom. Parecia uma mistura de um maconheiro com um Hobbit.

– Estamos bem – respondi. – E vós, como estais?

– Estou muito bem – Mooner respondeu. – Doderick Bracegirdle foi, tipo, muito útil para o Hobbit Con.

– Doderick Bracegirdle?

– Mais conhecido como Vinnie – Mooner disse. – O cara é um gênio. Ele, tipo, inventou esse jogo incrível. Jogo de argola tendo que acertar o vibrador. Vai ser um escândalo com todos os amantes dos Hobbits. O problema é manter um nível de autenticidade. Considerando que os Hobbits são, tipo... pequenos, o vibrador teria que ser do tamanho apropriado.

Lula empurrou a porta da frente.

– O que tem o vibrador?

– Mooner quer fazer um jogo de argola na Hobbit Con, e ele está pensando que o vibrador teria que ser do tamanho de um Hobbit.

– É, faz sentido – Lula disse. – Você precisa de uma loja de vibradores para Hobbits.

– Procurei nas Páginas Amarelas – Mooner disse. – Nada.

– Imagino que seja um item especial – Lula disse. – Talvez você precise procurar no Google. Ou no eBay.

– Uau – Mooner disse. – Brilhante.

– É melhor não deixar o trailer em frente ao escritório por muito tempo com o Vinnie lá dentro – Connie falou para Mooner.

– Sem problema. Vinnie não está lá.

Minha respiração ficou presa no peito.

– Onde ele está?

– Não sei – Mooner disse. – Ele saiu. Pensei que estivéssemos nos dando bem, sabe? E depois, eu me viro e nada do Doderick. Cara, acho que isso é genial! Sumiu no vento, cara.

– Volta tudo. Onde vocês estavam, quando ele desapareceu?

– Na confeitaria da Nottingway. Eu estava entregando panfletos da Hoobit Con e comecei a conversar com a atendente. Eles têm, sabe, umas coisas boas lá. Então, quando saí da confeitaria, a mansão móvel estava sem o cara.

– Ele deixou um recado? Tinha algo fora do lugar? Tinha sangue?

– Negativo, negativo, negativo.

– Você viu alguém no estacionamento? Algum carro?

– Acho que tinha um SUV e um carro esporte muito maneiro.

– Um Ferrari?

– É, ou talvez uma Corvette.

– Qual?

– Eu estava com muita coisa na cabeça. Estava pensando no jogo das argolas e entrando na zona do açúcar. Não tenho certeza sobre o carro. Quero dizer, todo aquele glacê...

Senti um embrulho no estômago. Estava tentando ajudar o Vinnie e fui completamente ineficaz. Eu devia ter insistido em ir à polícia. Devia ter contado para o Morelli. Devia ter pedido ajuda ao Ranger. Devia ter mandado Vinnie para Miami.

– Isso não parece bom – Lula disse. – Sunflower dirige um Ferrari. – Ela olhou para Mooner. – O SUV tinha um teto amassado?

– Acho que não.

— Não vamos entrar em pânico — Connie disse. — Muita gente dirige um SUV.

— É — Lula disse. — E muita gente dirige carros esportivos maneiros que parecem um Ferrari.

— Tem certeza de que ele não está no trailer? — perguntei para Mooner. Talvez ele tenha decidido tirar um cochilo no closet ou algo do tipo.

— Eu pensei nisso — Mooner disse. — Procurei, mas não consegui encontrar o cara.

DEZESSEIS

— Você tem o telefone do Mickey Gritch? – perguntei a Connie.

Connie ligou para o Mickey e me deu o fone de ouvido.

– Pronto – Mickey disse.

– Aqui é Stephanie Plum. Estou querendo saber se houve algum desdobramento.

– Preciso de mais informações – ele respondeu. – Você quer apostar em um cavalo? Quer saber se Sunflower tinha seguro para o SUV amassado? Precisa de uma prostituta?

– Na verdade, estava pensando se você sabe alguma coisa sobre o Vinnie.

– O que tem ele?

– Eu meio que o perdi de vista.

Gritch deu uma risada debochada.

– Você está de sacanagem!

– Ele desapareceu esta tarde. Pensei que você pudesse saber se ele foi sequestrado novamente.

– Eu não soube de nada, mas também não estou totalmente por dentro. Eu não fico andando com os grandalhões.

– Entendido. Obrigada.

– Claro – Gritch disse. – Não que faça alguma diferença, mas espero que o Vinnie arrume um jeito de sair dessa. – E desligou.

– Não sei por onde continuar – falei para Connie. – Lula e eu podemos fazer o percurso das propriedades de Sunflower de novo, mas eu não acho que ele vai correr riscos com o Vinnie dessa vez. Ele vai ser mantido bem preso.

– Temos que conseguir o dinheiro – Connie disse.

– Não tem como juntar isso tudo de dinheiro – falei. – Eu não consigo fazer tantas capturas. E nenhum banco vai emprestar essa quantia toda até amanhã. Eu acho que a gente devia ir até a polícia.

– Acho que tenho mais uma notícia ruim – Connie disse. – Tenho vasculhado as finanças do escritório, tentando arrumar dinheiro, e acho que Vinnie estava fazendo acordos de fiança ruins.

– Você quer dizer dando fianças para pessoas de risco?

– Não. Quero dizer dando fianças para pessoas que não existem. Encontrei um arquivo no escritório dele sobre fianças que nunca foram para o sistema. E quando eu verifico as pessoas que foram afiançadas, não encontro, ou elas estão mortas ou têm sete anos de idade.

– Por que o Vinnie faria isso? – Lula quis saber.

– Acho que ele estava levando a agência no vermelho, roubando da Wellington para cobrir falsas capturas e passando o dinheiro para o Gritch.

Lula inclinou-se para a frente.

– O quê?

– Provavelmente isso começou como uma forma de cobrir algumas apostas erradas e saiu do controle – Connie disse. – Vinnie estava assinando contratos de fiança para pessoas inventadas com crimes inventados. Ele dizia para Wellington que as fianças eram perdidas porque o afiançado não aparecia no tribunal, e Wellington o reembolsava por sua perda. Então, Vinnie dava o dinheiro a Gritch, que, por sua vez, dava pra Sunflower.

– Isso não parece legal – Lula disse.

– Nem um pouco – Connie respondeu. – E eu estou envolvida. Sou responsável pelas faturas no final do mês. Não estava prestando atenção. Empurrava as fianças fantasmas para o contador.

Caramba.

– Podíamos roubar algumas lojas de conveniência – Lula disse. – Não pode ser tão difícil.

– Teríamos que roubar muitas lojas de conveniência pra arrumar essa quantia – falei.
– Hum – ela disse. – Você tem uma ideia melhor?
– Tenho. Poderíamos roubar o Sunflower e usar o dinheiro para pagar a ele mesmo. Conhecemos dois pontos de arrecadação. A funerária e o apartamento do Machadinha.
Lula arregalou os olhos.
– O apartamento do jacaré?
– É.
– Nada disso. Eu não vou assaltar nenhum apartamento com jacaré. Pode me tirar dessa.
– Tenho um plano – falei.
Lula tapou as orelhas com as mãos.
– Eu não quero ouvir.
– Eu quero ouvir – Connie disse.
– Começamos pelo Machadinha. Ele sai do apartamento no início da noite para administrar os negócios no shopping. Todo o dinheiro da droga fica no apartamento guardado pelo jacaré. É difícil dizer quanto ele consegue por dia, mas aposto que é uma quantia alta.
– E o jacaré? – Lula perguntou.
– Eu tomo conta dele – falei. – Depois que roubarmos o Machadinha, vamos à funerária. Lula pode entrar e abrir a porta dos fundos pra mim. Eu entro e me escondo até que todo mundo tenha ido embora e a funerária fique trancada. Então eu subo e pego o dinheiro da sala de contagem.
– Eles não vão simplesmente deixar o dinheiro solto – Lula disse. – Vai ficar trancado num cofre. Você tem que pegar o dinheiro antes de colocarem lá. Precisamos pegar esses caras fora da sala de contagem, e eu sou boa, mas nem tanto. Eles não vão cair na conversa da bandeirante vendendo biscoitos. E eu não acho que iriam cair na conversa das bêbadas devassas de Connie.

— A bomba de fedor — Connie disse. — Eu disparo a bomba. Todo mundo vai sair, Stephanie corre pra dentro, pega o dinheiro e sai do prédio. — Connie olhou para mim. — Vou lhe dar uma máscara de gás.

— Como eu vou sair do prédio? Todo mundo vai ficar lá fora, aguardando.

— Pela porta dos fundos — Connie disse. — Vou me certificar que cheire tão mal na parte de trás que ninguém vai aguentar lá.

Houve um total silêncio por alguns segundos, e ficamos só absorvendo a estupidez do que estávamos prestes a fazer.

— Tudo bem, então — finalmente falei. — Vamos nessa.

— Nos encontramos aqui às sete — Connie disse.

Eu estava a meio caminho de casa quando minha mãe ligou.

— Sua avó foi a um velório à tarde, e eu não tenho como levá-la para casa. Seu pai está trabalhando e eu estou presa no trânsito na Rodovia 1. Estou voltando do shopping e deve ter tido um acidente na minha frente, porque está tudo parado. Seria bom que você pudesse pegar sua avó na funerária.

— Claro. Eu pego.

Vovó estava esperando na varanda quando estacionei em frente à funerária. Usava um vestido azul estampado com um cardigã, um tênis branco em um dos pés e sua enorme bota ortopédica preta no outro. Estava mais alta de um lado por causa da bota. Saí para ajudá-la, mas ela avançou sem mim. Passo, pisão, passo, pisão, passo, pisão. Desceu as escadas, segurando o corrimão com a bolsa de couro preta pendurada no ombro.

— Olha pra isso — ela falou, admirando o SUV. — Você está de carro novo. É uma belezura. Foi o Ranger que deu?

— Foi.

— Ele deve ter muito dinheiro.

Eu não fazia ideia de quanto dinheiro o Ranger tinha, mas ele não era pobre. Quando comecei a trabalhar com ele, o endereço era um terreno baldio, e agora ele vivia em um bom apartamento em um prédio do qual ele, no mínimo, era metade dono. A origem dos novos carros pretos ilimitados era um mistério. E isso era parte do problema com Ranger. Havia muito mistério sobre ele.

Coloquei vovó no Mercedes e saí com o carro.

– Como foi o velório? – perguntei.

– Acho que eles fizeram um bom trabalho deixando a Miriam bonita, considerando que ela não era tão bonita, pra começo de conversa. Não quero falar mal do morto, mas a Miriam não tinha uma beleza natural. Era uma pena todas aquelas verrugas na cara. O filho dela estava lá. O sobrinho também. E eles tinham uma boa variedade de biscoitos. Particularmente, eu prefiro os velórios noturnos, mas às vezes eles interferem nos meus programas de TV.

– Como está o seu pé?

– Está bem. Eu receberia mais atenção se eles tivessem me colocado em uma cadeira de rodas, mas disseram que eu teria que alugar uma, e eu já gastei meu cheque da previdência social. Bitsy Kurharchek tem umas muletas que poderia me emprestar, e eu devo usá-las amanhã à noite. Vai ser uma grande noite. Burt Pickeral finalmente morreu. Ele era velho pra caramba, mas bem ativo na casa dos Elk. Todos os Elk e os Pickeral estarão lá.

– Você conhece os Pickeral?

– Alguns deles.

– Conhece Lenny?

– Não, mas o nome não me é estranho. Ele deve ser filho do Ralph. Os Pickeral são uma bagunça.

Parei no sinal, puxei a pasta do Pickeral da bolsa e mostrei à vovó a foto de Lenny, o bandido do papel higiênico.

– Ele me parece familiar – vovó disse –, mas todos os Pickeral são meio que parecidos. O que ele fez?

– Um pequeno furto.

– Não é muito interessante, mas mesmo assim vou ficar de olhos abertos.

Parei no pátio da casa dos meus pais e me certifiquei de que vovó entrasse pela porta da frente.

Há pouco tempo, a tia do Morelli, Rose, morreu e deixou sua casa para ele. É uma casa geminada de dois andares com basicamente a mesma planta térrea que a dos meus pais. Sala de estar, sala de jantar, cozinha no primeiro andar. Morelli adicionou um lavabo. Três quartos pequenos e um banheiro no segundo andar. Morelli está tentando lentamente deixar a casa com a cara dele, mas algumas coisas da Rose ainda permanecem, e eu acho legal. Morelli mora lá com o seu cachorro laranja, grande e desgrenhado, Bob, e a verdade é que Morelli tem sido surpreendentemente domesticado, embora a domesticação não se estenda ao quarto.

O caminho da casa dos meus pais até o meu apartamento é curto, se você for direto pela Hamilton e virar à direita. Eu escolhi andar por mais algumas quadras, atravessar a Chambers e passar pela casa de Morelli. Prefiro não pensar muito no porquê de eu estar fazendo isso. Suponho que eu sinta falta dele. Ou talvez quisesse ter certeza de que não estava dando uma festinha sem mim. Independentemente do motivo, me vi dirigindo lentamente, olhando para a casa, sentindo um pouco de vontade de entrar. O SUV verde estava estacionado no meio-fio. Morelli estava em casa. Continuei a descer a rua, e a decisão de parar ou não foi estabelecida em um instante. A casa de Morelli ficou para trás. Provavelmente não era uma boa hora para visitá-lo, já que eu teria que explicar por que Ranger me deu um novo Mercedes SUV como um empréstimo indeterminado.

O estacionamento do meu prédio estava quase cheio quando cheguei. Era perto da hora do jantar e os velhinhos e os casais trabalhadores que moravam lá estavam assistindo a reprises de séries ou cozinhando macarrão. Estacionei em uma esquina distante, onde, com sorte, ninguém poderia arranhar meu carro, e dei uma corridinha até o prédio, subi as escadas e fui para o corredor. Rex estava em sua roda quando entrei na cozinha. Ele parou de correr e olhou para mim com os bigodinhos se mexendo e os olhos pretos brilhantes. Dei a ele um pedaço de queijo e ele correu para dentro da lata de sopa para comer. Muita interação para um animal de estimação.

Fiz um sanduíche de manteiga de amendoim e azeitona e o engoli com minha última cerveja. Eu não sabia ao certo se azeitonas eram frutas ou legumes, mas eram verdes, e era o mais próximo do que eu iria conseguir de salada. Queria parecer normal, então não me vesti toda de preto. Coloquei um jeans, uma camisa vermelha e tênis, e pensei que estava bom. Ainda tinha tempo sobrando, então retoquei o delineador e coloquei mais rímel. Guardei o batom na minha gaveta de maquiagem de má qualidade e escovei os dentes. Eu me esparramei na cama para pensar e acordei com um pulo às 6:40.

Peguei minha bolsa e fiz um rápido inventário. Minha arma de choque mostrava que a bateria estava baixa. Não fazia sentido carregá-la comigo. O spray de pimenta estava vazio. Lixo. Sobraram minha arma e a garrafa do Pip. Girei o tambor da arma. Duas balas. Melhor que nenhuma, certo? Eu não queria mesmo usar. Ainda assim, eu tinha que anotar que precisava comprar mais balas.

Eu me enfiei em um casaco de capuz, tranquei o apartamento e corri para o carro. Parei no Cluck-in-a-Bucket, a caminho do escritório, e comprei dois baldes tamanho gigante de frango crocante. A salada de repolho e os biscoitos ficaram para outro dia.

Connie e Lula já estavam esperando na calçada, quando cheguei. Lula segurava a caixa de bombas de fedor e Connie estava com o lançador e duas sacolas. Estacionei atrás do Camry de Connie e percebi que teria que tomar uma decisão sobre os carros. Se fôssemos de Mercedes, eu teria a Rangeman me dando cobertura, mas também teria testemunhas do nosso esquema ridículo. Joga para o Camry, pensei. Melhor não ter testemunhas. Saí com meus baldes de frango e tranquei o SUV.

DEZESSETE

Lula se animou ao ver o frango.
– Está com cheiro de extracrocante – disse. – É o meu preferido.
– Comprei para o Sr. Sininho – respondi. – Vamos usar para levar o bicho para longe do dinheiro.
– O Sr. Sininho não vai se importar em ter um a menos – Lula disse.
– Você é quem vai atrair o jacaré com o frango – falei. – Não vai querer ficar com cheiro de extracrocante.
– Nesse caso, você está certa. Deixa o frango pra lá.
– Acho que devíamos ir no Camry – falei para Connie. – É o que chama menos atenção.
– Concordo – Connie disse.
Colocamos todo o equipamento no banco de trás comigo, e Connie seguiu para o apartamento do Machadinha. Ela desceu a rua Cotter, parando em frente à distribuidora de produtos para encanamento. As luzes estavam apagadas. Nenhum carro estacionado. Armazém trancado à noite. Olhamos para a janela do Machadinha. Nenhum sinal de atividade. Connie deu a volta no quarteirão e entrou no beco. Ela estacionou devagar, atrás do apartamento do Machadinha e todas nós respiramos fundo. Prendi minha arma na calça e peguei uma das sacolas da Connie.
– Olhem o que eu acho que devíamos fazer – falei. – Connie fica no carro e eu entro no apartamento. Pego o dinheiro e Lula deixa o Sr. Sininho ocupado com o frango. Simples, né?

– É, contanto que o Sr. Sininho goste de frango extracrocante – Lula respondeu.

Lula e eu saímos do Camry e passamos apressadas pelo quintal e pelas escadas. Encontrei a chave, abri a porta e enfiei a cabeça dentro.

– Olá – chamei.

Nenhuma resposta. Também nenhum som de jacaré bocejando, jacaré correndo ou jacaré farejando comida.

Entrei e olhei em volta. Nada de pilhas de dinheiro no balcão da cozinha, na mesa de jantar ou na mesa de canto. E ainda nenhum sinal do jacaré, apesar do cheiro de perigo do lugar. Andei um pouco mais pelo apartamento e lá estava... o jacaré de mais de 1,50m atrás do sofá que ficava no meio da sala. Seus olhos estavam abertos, e ele estava olhando para mim.

– J-j-jacaré – sussurrei para Lula.

– Estou vendo – ela disse. – Aonde você quer ir primeiro? Quer que eu pegue ele no canto da sala pra você poder olhar o quarto?

– É, seria bom.

– Pega – Lula disse. E jogou um pedaço de frango do outro lado da sala, que bateu na parede e caiu no chão, deixando uma grande marca gordurosa na parede.

O Sr. Sininho girou a cabeça na direção do frango, mas não se moveu.

– Que droga de jacaré é esse? – Lula se perguntou. – Isso é um frango do Cluck-in-a-Bucket. Não dá pra deixar um frango desses cair no chão e ficar lá jogado. Esse aí é extracrocante.

– Jogue um mais perto.

Ela jogou um pedaço direto para ele. O pedaço acertou a cabeça do jacaré e quicou. Nhac, ele comeu.

– Você viu isso? – Lula disse. – Ele nem saboreou o frango. Qual o problema dele?

– Jogue outro um pouco longe dele.

– Pode apostar – Lula disse. – Lá vai, garotão. Uma asinha pra você.

O jacaré moveu o corpo de forma lenta, virando-se para a direita, e depois deu o bote e nhac. Adeusinho, asa.

– Uau – disse Lula. – Eu não gosto de jeito como ele abocanha as coisas. É como o bote da morte.

Ela jogou uma coxa perto da parede e o Sr. Sininho foi atrás, movendo-se mais rápido, caindo no jogo.

– Corra e vá para o outro lado do sofá – Lula disse para mim.
– Ainda bem que trouxemos dois baldes de frango. O Sr. Sininho não é exatamente um devorador delicado.

Dei a volta correndo no sofá, mantendo os olhos na porta. Nenhuma pilha de dinheiro ali também. Fui até a cômoda, o closet, olhei embaixo da cama. Nada. Eu já tinha visto dinheiro do tráfico antes, e geralmente fica dentro de uma mochila ou de uma bolsa de ginástica. Procurei no banheiro. Muito simplesinho. Nenhum dinheiro de drogas. Abri a porta com cuidado e olhei para fora. O Sr. Sininho perseguia Lula em volta do sofá. Lula estava jogando frango por toda parte, e ele comia e voltava para Lula.

– Estou ficando sem frango! – Lula gritou. – O que é que eu devo fazer quando acabar?

– Quantos pedaços você ainda tem?

– Quatro.

– Tente levar o bicho para o outro lado da sala para eu poder sair do quarto.

– Tudo bem, mas anda logo. Eu não gosto da forma como ele está me olhando.

Lula jogou uma coxa do outro lado da sala. O Sr. Sininho deu uma olhada rápida para o pedaço de frango e voltou a atenção para Lula.

– O-ou – Lula disse. – Acho que ele descobriu que o frango vem do balde.

– Então jogue o balde do outro lado da sala. Só não me deixe presa aqui.

Lula assobiou.

– Aqui, garoto. Sr. Sininho bonitinho, vá pegar o balde.

Lula se preparou para jogar o balde e o Sr. Sininho tentou dar o bote nela.

– Ai! – ela disse, cambaleando para trás, caindo sobre o otomano.

O balde de frango voou da mão dela, bateu na porta aberta e foi parar na entrada. O Sr. Sininho correu atrás do balde, comeu o balde e desceu as escadas.

Eu estava fora do quarto e Lula tinha se levantado, as duas de boca aberta, vendo o jacaré chegar até o final das escadas e atravessar o quintal na direção do Camry. Connie levantou o vidro freneticamente e olhou para nós com uma expressão de que-merda-foi-essa-que-aconteceu. O Sr. Sininho farejou o Camry, deu uma olhada para Connie e rastejou para o beco.

– Isso não é bom – Lula disse. – O Machadinha vai ficar bravo por você deixar o jacaré dele fugir.

– Eu não estou preocupada com o Machadinha. Estou preocupada com os cachorros, gatos e crianças do bairro.

– Talvez devêssemos ligar para a polícia de jacaré – Lula disse.

Alguém gritou a meio quarteirão.

– Tudo bem, acho que não precisamos ligar para a polícia – Lula disse. – Parece que Connie está ao telefone. E acho que ela não está pedindo uma pizza. É hora de terminar isso aqui.

– Eu não consigo encontrar o dinheiro.

– Talvez Machadinha tenha levado com ele.

– Mas não é o padrão.

Olhamos em volta da sala.

– Não tem muito lugar para esconder uma bolsa grande de dinheiro – Lula comentou.

– O sofá – eu disse a ela. – O Sr. Sininho estava sempre perto do sofá.

Nós tiramos as almofadas. Nada de dinheiro.

– Me ajude a levantar o sofá – pedi a Lula.

Levantamos o sofá e olhamos embaixo. Uma sacola esportiva grande, fechada a zíper. Machadinha tinha retirado uma parte do sofá. Abri a bolsa e olhei dentro. Cheia de dinheiro.

Uma buzina soou no beco. Connie estava avisando que era hora de sair do apartamento.

– Terminamos por aqui – falei para Lula. – Vamos embora.

– É. Estou ouvindo uma sirene. Aposto que é a polícia de jacaré.

Corri para a porta, desci as escadas voando e pulei no banco traseiro do Camry, Lula um pouco atrás de mim. Connie dirigiu para fora do beco e, antes de atravessar a rua, passamos pelo Sr. Sininho andando sem parar, parecendo que sabia aonde estava indo.

Connie teve um arrepio involuntário. Eu mordi meu lábio inferior. Lula pegou um lenço de papel umedecido na bolsa e limpou a gordura de frango das mãos.

– Então, correu tudo bem – Lula disse.

– Nós deixamos um jacaré solto na vizinhança! – falei para ela.

– Foi, mas tirando isso, correu tudo bem.

– Você ligou para o controle de animais? – perguntei a Connie.

– Liguei. Eles devem chegar a qualquer minuto – Connie entrou na Cotter. – Quanto nós conseguimos pegar?

Apalpei a bolsa.

– Perto de cem mil, por alto. Talvez mais.

– É muito dinheiro – disse Lula. – Mas não o suficiente.

– Deve ter muito mais na funerária – Connie disse. – Estou sentindo que lá é o principal ponto de arrecadação do dinheiro.

Inclinei para a frente e coloquei a cabeça entre os joelhos. Não tenho vocação para isso. Minha mãe estava certa. Eu precisava de um trabalho bom e chato na fábrica de produtos pessoais. Talvez eu devesse deixar de ser caçadora de recompensas e casar com Morelli. Claro, Morelli não tinha certeza de querer casar comigo no momento, mas eu poderia fazê-lo mudar de ideia. Eu podia ir até a casa dele com meu fio dental vermelho e um ar de boazinha e pegá-lo em um momento de fraqueza. Aí nos casaríamos imediatamente antes que ele mudasse de ideia. E conhecendo Morelli, eu ficaria grávida. E seria um menino.

– Eu não quero que o nome dele seja Joseph – falei. – É muito esquisito.

– Quem? – Lula perguntou.

– Eu falei isso alto?

– Falou. Do que é que você estava falando?

– Não é importante.

– Vou dizer o que é importante – Lula disse. – Frango frito. Não consigo tirar da minha cabeça desde que vi o Sr. Sininho comer todos aqueles extracrocantes. Acho que precisamos parar no Cluck-in-a-Bucket a caminho da cidade.

– Vamos parar a caminho de casa – Connie disse. – Se não formos à funerária agora mesmo, vou perder a coragem.

– Tudo bem, entendo – disse Lula. – Mas essa é a postura errada. Isso é adiar o prazer, e se você fizer isso, pode nunca ter o prazer. Por exemplo, e se nós tomarmos um tiro ou formos presas ou algo do tipo e não pudermos ir ao Cluck-in-a-Bucket? Tipo, poderíamos estar mortas e nunca mais comeríamos frango extracrocante. E tudo porque decidimos roubar um traficante de drogas maluco antes de ir ao Cluck-in-a-Bucket.

Voltei a colocar a cabeça entre os joelhos. Não queria morrer ou ir para a cadeia. E se eu saísse dessa ilesa, iria direto à Rangeman. Iria tirar a roupa do Ranger e espremer até a última gota de prazer dele. Depois eu me casaria com Morelli. Em algum lugar, no fundo da minha mente embaçada pelo pânico, eu suspeitava que isso fosse um raciocínio falho, mas não podia me controlar, com toda a náusea e inabilidade de respirar normalmente.

– Você está bem? – Connie perguntou. – Não consigo te ver no espelho. Onde você está?

– Amarrando meu tênis.

– Estamos quase chegando. Vamos revisar o plano uma última vez. Eu passo pela frente para a gente poder dar uma olhada e deixar a Lula. Então, vou para a parte de trás e estaciono em algum lugar perto. Lula abre a porta dos fundos e dá cobertura à Stephanie, enquanto ela procura um lugar para se esconder. Aí Stephanie coloca a máscara de gás e espera meu sinal.

– Como vamos jogar a bomba de fedor na funerária se as janelas estão todas tapadas? – Lula quis saber.

– Eu tenho três garrafas de fedor líquido – Connie respondeu. – Você tem que deixar cada uma em lugares estratégicos e sair antes de vomitar.

– Claro, posso fazer isso – Lula disse.

– Você vai precisar subir as escadas sem ninguém ver e deixar uma garrafa na frente da sala de contagem de dinheiro – Connie disse. – Depois, largar outra na porta dos fundos e outra em frente à funerária. Tente não deixar isso perto do morto. Eu tenho um lançador como reforço, mas é o último recurso. Não queremos que Sunflower pense que está sendo atacado.

A funerária parecia normal quando Connie passou por lá. Uns homens vestidos com terno preto estavam de pé ao lado da porta de entrada. Eles fumavam e conversavam baixo. Havia vários carros estacionados no meio-fio. Deixamos Lula na esquina e eu lhe entreguei a pequena sacola com as três garrafas.

– Boa sorte – desejei. – Vou esperar na porta dos fundos.

Lula andou pela calçada e Connie foi para o beco e estacionou atrás da caçamba de lixo da funerária. O Ferrari de Sunflower estava no pequeno estacionamento, com uma Minivan Dodge do lado. Peguei a bolsa grande com a máscara de gás, caminhei até a porta dos fundos e esperei. Sentia um frio na barriga, mas estava concentrada. Termine o serviço, pensei. Roube o dinheiro. Devolva-o. Salve o rabo miserável do Vinnie. Compre alguma comida. Eu fazia uma lista. Leite, pão, suco de laranja, cerveja, uma maçã para Rex, papel higiênico, munição.

A porta dos fundos da funerária abriu e Lula olhou para mim.
– Hora do show – ela disse. – Parece que o melhor lugar para se esconder é o porão. Você poderia ficar na escada. Só não se esqueça de colocar a máscara, porque eu vou jogar fedor por lá.

Lula ficou no meio do corredor, me dando cobertura; entrei correndo pela porta do porão e desci dois degraus. Lula fechou a porta, e eu fiquei na total escuridão.

Ainda bem que não sou claustrofóbica, pensei. Nem tenho medo de escuro. Tudo bem, talvez eu fosse um pouco claustrofóbica e tivesse um pouco de medo do escuro, mas dava para lidar com a coisa. Isso é o que diferencia os homens das mulheres, certo? As mulheres conseguem lidar com essas situações.

Ouvi uma conversa abafada através da porta. Vinha do corredor da sala de velório. Coloquei a máscara e ajustei as tiras. Difícil acreditar que eu precisaria usar uma máscara para uma bomba de fedor. Quero dizer, será que era tão ruim assim? Eu estava com meu celular na mão, esperando pela ligação de Connie. Olhei a hora no telefone. Cinco minutos tinham se passado. As conversas ficaram mais altas e as pessoas estavam no corredor, empurrando-se para a porta do porão, com ânsia de vômito e dando gritos, tentando escapar pela porta dos fundos o mais rápido possível. Mais alguns minutos se passaram e meu telefone tocou com uma mensagem de texto de Connie.

VÁ!

Abri a porta do porão para um corredor vazio. Não me deixem na mão, falei para os meus pés, e corri a pequena distância até as escadas e subi os degraus de dois em dois. Corri para a sala de contagem e quase desmaiei. A mesa estava lotada de dinheiro. Tudo empacotado em pilhas e preso com elásticos. Mais dinheiro do que eu já tinha visto na vida. A sacola era enorme, mas não cabia todo o dinheiro nela. Uma grande sacola esportiva tinha sido jogada no chão, não muito longe da mesa. Enchi com os pacotes restantes e ainda assim sobrou dinheiro. Coloquei no meu sutiã e nas minhas calças, e me lancei para baixo, nas escadas, segurando as duas sacolas. Passei correndo pelo pequeno corredor e parei em frente à porta. Fiz uma pequena prece, abri a porta e encontrei Connie em pé, usando uma máscara.

Connie agarrou meu braço e me empurrou para frente.

– Corra – ela disse. – Tem um carro de bombeiros aí na frente e outro na esquina. E alguns capangas do Sunflower acabaram de chegar usando trajes de proteção contra contaminação.

Lula estava no carro com o motor ligado. Nós entramos e ela deu a partida.

DEZOITO

Arranquei a máscara e respirei fundo.
— Caramba — falei. — Que bosta de cheiro é esse?
— É você — Connie disse. — Você absorveu o fedor.
— É horrível! Parece vômito com um queijo muito ruim.
— É — Connie disse. — Essa foi uma boa leva.
Lula abaixou as janelas.
— Meus olhos estão lacrimejando. Estou perdendo o apetite por frango. Essas duas bolsas estão cheias de dinheiro?
— Sim. — Tirei o dinheiro de minha calça e meu sutiã e entreguei a Connie. — Não faço ideia de quanto tem aqui. Não parei para olhar. Só enfiei tudo nas bolsas e saí correndo. Cheguei em uma boa hora. O cofre estava aberto, mas vazio. Ou eles estavam prestes a guardar o dinheiro ou a retirá-lo de lá.
— Não acredito que fizemos isso — Lula disse. — Essa foi a melhor. Essa foi a bomba. E nem parece que estamos sendo seguidas.
Connie e eu nos viramos e olhamos para ter certeza.
— Acho que conseguimos — Connie disse.
Ela deu uma risadinha. E depois Lula e eu demos uma risadinha. Era muito esquisito, porque não temos o costume de dar risadinhas, mas os homens cospem, coçam o saco e batem as mãos... e as mulheres dão risadinhas. Não sei qual é pior, mas fico feliz por não estar inclinada a me coçar em locais públicos.
— Somos boas — Lula disse. — Quantas mulheres conseguem roubar todo esse dinheiro e não ser pegas? Tô dizendo, estou pensando em uma nova carreira. Poderíamos ser as Três Mosquetárias.

– Acho que você quis dizer Mosqueteiras – falei para Lula.
– Tanto faz. Poderíamos ter um nome maneiro, e fazer assaltos e trapaças. A única coisa é que, da próxima vez, vamos chamar um táxi para a Stephanie não deixar o carro fedendo. Ainda bem que não estamos no meu Firebird.
– Não posso fazer nada – retruquei. – Eu estava presa no prédio. Além disso, você também não está com cheiro de flores.
– Eu? – Lula disse. – Você está dizendo que estou fedendo?
– Estou.
Connie olhou para Lula.
– Ela está certa. Você está fedendo.
– Eu devo ter derramado alguma coisa no meu sapato – Lula disse. – Você encheu garrafas de azeites velhas e não dava pra despejar perfeitamente. Da próxima vez, é melhor investir em um dosador ou algo com um bico.
– Não quero saber de próxima vez – falei. – Estou me aposentando da vida do crime.
– Mas somos tão boas – Lula disse. – Aposto que estamos milionárias.
– Só por metade do dia. Amanhã o dinheiro volta para o Sunflower.
– Ah, é, por um minuto eu me esqueci disso – Lula disse. – Temos certeza que queremos fazer isso? Com essa grana, eu poderia comprar um monte de sapatos que não fedem.

Houve um silêncio enquanto o pensamento pairava no carro. Ficar com o dinheiro era tentador. Se ficássemos com ele, não precisaríamos de Vinnie ou do escritório de fianças. Infelizmente, tinha vovó Plum e tia Mim a considerar. Isso para não falar da necessidade persistente de fazer a coisa certa e do medo do que Deus iria fazer comigo se eu não agisse corretamente.

Lula parou no drive-through do Cluck-in-a-Bucket e nós compramos um balde grande de frango extracrocante, salada de repolho tripla e biscoitos.

— Para onde vamos agora? – Lula quis saber.

— Para o escritório – Connie respondeu. – Precisamos contar o dinheiro. Estacione nos fundos.

Havia um beco atrás do escritório com estacionamento para alguns carros. A porta dos fundos dava para o depósito e, depois do depósito, filas de armários de arquivos. Dava para entrar pelos fundos sem ser visto, a menos, é claro, que você andasse pela parte da frente do escritório, onde Connie ficava. Vinnie estacionava atrás porque estava sempre se escondendo de alguém. Ele não pagava as contas em dia. Mexia com mulheres casadas. E saía com animais que vivem em fazendas.

Lula estacionou o carro da Connie, nós carregamos o frango, o dinheiro e as várias armas para dentro e trancamos a porta dos fundos.

— Levem tudo para o escritório do Vinnie – Connie disse. – Não tem janelas lá.

Limpei a escrivaninha do Vinnie e despejei o dinheiro em cima.

— Precisamos de um sistema – Connie disse, servindo-se de uma parte misteriosa de frango extracrocante. – Primeiro, vamos dividir o dinheiro por valor. Todas as notas de vinte lá no canto. As de cem em cima da mesa. É só empilhar tudo no chão. Depois, usaremos elásticos para prender tudo, de forma que todos os pacotes tenham a mesma quantidade de dinheiro.

Duas horas depois, o balde de extracrocante estava vazio e tínhamos todo o dinheiro empacotado, empilhado e contado.

— O último pedido foi de um milhão e trezentos – Connie disse. – Temos um pouco mais de um milhão e duzentos.

— Normalmente, Sunflower faria um acordo – Lula disse –, mas ele acabou de ser roubado e provavelmente deve estar de mau humor.

— Vou ligar pra ele amanhã – Connie disse. – Não consigo imaginar que ele não vai aceitar um milhão e duzentos.

Olhei para a pilha de dinheiro amontoado na escrivaninha do Vinnie.

— O que vamos fazer com isso até amanhã? Não vai caber no cofre do Vinnie.

— Colocamos as pilhas com as notas altas no cofre — Connie disse. — O resto pode ficar escondido embaixo da escrivaninha. Vou trancar a porta da sala do Vinnie e ligar o alarme quando sairmos.

Parei no supermercado 24 horas a caminho de casa e comprei tudo da minha lista, menos a munição. Estacionei atrás do meu prédio, peguei as bolsas de compras do banco de trás, virei e bati em um cara duro como uma rocha. Morelli.

— Caramba! — falei. — Você me assustou. Não chega assim de mansinho.

— Não cheguei. Você estacionou perto de mim e nem reparou.

— Estou com muita coisa na cabeça.

— Quer dividir?

Parei por um minuto, abraçando as bolsas, refletindo.

— Não. Não posso.

— Você está com um cheiro muito ruim — Morelli disse. — Igual a uma bomba de fedor.

— Isso é ridículo.

— Onde você esteve essa noite?

— Saí pra jantar com Lula e Connie.

— Alguém colocou uma bomba de fedor na funerária do Bobby Sunflower — Morelli disse.

— E?

— A única pessoa que eu conheço capaz de fazer uma bomba de fedor dessa magnitude é Connie. Ela era da minha sala no ensino médio, e era famosa.

— Por que Connie colocaria uma bomba de fedor na funerária de Sunflower?

– Me diga você.

Nossos olhos se fixaram por um momento antes que eu me virasse.

– Não sei – respondi.

Morelli pegou as sacolas da minha mão e me acompanhou até o prédio.

– Mentira.

– É minha história – falei. – E vou manter.

Ele segurou a porta para mim e me seguiu pelo saguão e para dentro do elevador.

– Esse poderia ser um momento romântico se você estivesse com um cheiro melhor – ele disse.

Eu achava difícil de acreditar que um fedorzinho pudesse deter a libido de Morelli. Desde que me tornei uma caçadora de recompensas, já cheirei a cocô de cachorro, lixo, funerária explodida e macaco. É difícil acreditar que uma bomba de fedor era pior. As portas do elevador se abriram e Morelli veio atrás de mim.

– Eis o que está me deixando confuso – ele falou. – Conheço muito bem as bombas de fedor da Connie, e você está definitivamente cheirando a uma, mas também tem um pouco de cheiro de frango frito.

– Cluck-in-a-Bucket – falei. – Extracrocante.

Morelli parou no meio do corredor.

– Ai meu Deus. Foi você que soltou o Sr. Sininho.

Coloquei minha chave na fechadura e abri a porta.

– Não fui eu, juro.

Morelli colocou as bolsas no balcão e pegou uma cerveja.

– Lula?

– Não estou dizendo nada. Alguém se feriu? Algum cachorro ou gato foi comido?

Morelli engoliu um pouco de cerveja.

– Negativo. O Sr. Sininho foi pego sem incidentes. O controle de animais foi levar uma multa para o Machadinha, e disseram que a porta dele estava aberta e que havia marcas de gordura por todo o apartamento, além de cheiro de frango frito e jacaré.

— Vai saber — falei.

Ele se esticou no balcão.

— Eu não acho que conseguiria convencer você a tomar um banho.

— Não precisa me convencer. Eu não estou me aguentando. Vou tomar um banho e jogar minhas roupas fora. O que poderia acontecer depois do banho é que seria complicado.

— Minha especialidade — Morelli disse. — Eu poderia até começar a complicação enquanto você estivesse no banho.

— Pensei que você quisesse sair com outras mulheres.

— Eu não queria sair com outras mulheres. Decidimos no calor de uma briga que não éramos mais exclusivos.

— E que eu poderia sair com outros homens.

Morelli estava começando a ficar aborrecido.

— Você tem saído com outros homens?

— Talvez.

— Contanto que não seja o Ranger — Morelli disse.

— Não acho que o Ranger namore.

A ideia de Ranger namorando era muito estranha. Já o vi em bares, seguindo fugitivos. E já jantei com ele uma vez, mas não conseguia imaginá-lo chamando uma mulher para um encontro. Eu suspeitava que ele tivesse uma pequena lista de mulheres de confiança e prestativas que o visitavam tarde da noite quando lhe dava vontade.

— O que quer que Ranger faça, não quero que seja com você — Morelli disse. — Ele é um maluco. E perigoso.

— Ele está maduro agora. É um homem de negócios.

Morelli olhou para o Mercedes preto.

— Você sabe onde ele consegue esses carros?

— Não. E você?

— Não, mas duvido que a fonte seja legal.

Eu nem tinha certeza se a fonte era humana. Era como se os carros fossem enviados do espaço.
— Estamos brigando? — perguntei a Morelli.
— Não. Estamos conversando.
— Tem certeza?
— Estou gritando? — Morelli perguntou. — Meu rosto está vermelho? As veias do meu pescoço estão altas? Estou balançando os braços?
— Não.
— Então não estamos brigando.
Tirei meus sapatos chutando-os para a cozinha e arranquei as meias.
— Você estava trabalhando agora à noite?
— Não.
— Então como sabe do Sr. Sininho e da funerária?
— Saí pra comprar uma pizza e encontrei com o Eddie saindo do turno. Ele teve que ajudar a colocar o Sr. Sininho na van do controle de animais.
Eddie Gazarra é um policial à paisana casado com minha prima Shirley, a chorona. Ele é um cara legal com um cabelo louro claro e uma boca grande.
Abri minhas calças.
— Preciso me livrar dessas roupas contaminadas. Não quero que fiquem no meu quarto. Você vai ficar aí parado me olhando tirar a roupa?
Seus olhos castanhos tinham quase mudado completamente para preto.
— Vou. Vou assistir a você tirando a roupa. E então vou assistir a você tomando banho. E depois eu vou enxugar você pessoalmente.
Caramba. Caramba!
Tirei as calças, me livrei delas, e o telefone do Morelli tocou. Ele não tirou os olhos de mim. E não atendeu. Não olhou o visor. O telefone continuou tocando.

— Seu telefone — falei.

— Vai parar.

Houve um momento de silêncio quando o telefone parou de tocar. E então entrou uma mensagem de texto e depois mais uma.

— É melhor você ler. Não vai parar.

Morelli olhou de relance para o telefone.

— Recebi uma mensagem de texto encaminhada e outra do meu chefe.

Ele digitou um número e esperou.

— Sim? — Morelli disse.

Sua atenção foi de mim para uma mancha no chão. Ele ouviu por um minuto completo antes de levantar a cabeça e olhar de volta para mim.

— Estou dentro — falou. E guardou o telefone no bolso.

— E aí? — perguntei.

— Preciso ir. Dois caras de terno e gravata foram encontrados caídos de bruços no estacionamento do Regal Diner. Eles estavam atrás da caçamba de lixo em uma área reservada para funcionários. As mãos amarradas. Um único tiro atrás da cabeça.

— Execução.

— Foi.

— Eles foram identificados?

— Não posso falar. O Ranger monitora toda a nossa comunicação. Tenho certeza que você pode tirar isso dele. Tudo o que posso dizer é que não eram da vizinhança.

— Caramba, isso é muito ruim — falei. — Eu estava planejando ser incrivelmente sexy depois do banho.

— Isso é péssimo — Morelli disse. — Foi você que me disse pra ler a mensagem. — Ele deu um passo à frente e me empurrou. — Eu beijaria você, mas está fedendo como a minha bolsa de ginástica.

Tranquei a porta quando Morelli saiu, tirei o resto das roupas e as coloquei em um saco de lixo preto. Espirrei purificador de ar no meu tênis e esperei pelo melhor. Tomei um banho e lavei o cabelo duas vezes. Coloquei uma camiseta e um short e liguei para o Ranger.

– Gata – ele disse.

– Quem eram os dois caras de terno desovados atrás do Regal Diner?

– Victor Kulik e Walter Dunne. Dois advogados que trabalham em fusões e aquisições para uma empresa de capital de risco. É a mesma empresa que comprou a agência de fianças do Harry, a Wellington.

– Obrigada.

– Você roubou dinheiro do Machadinha e do Sunflower para depois devolver a Sunflower e pagar o resgate do Vinnie, não foi?

– Quem? Eu?

– Qualquer outra pessoa teria simplesmente matado o jacaré – Ranger disse.

– Como você sabe?

– Eu sei de tudo.

– E você é modesto.

– Não. Não sou modesto.

E desligou.

DEZENOVE

De manhã, em geral estou na correria e minha geladeira está vazia, então tomo café pelo caminho. Eu havia feito compras no supermercado, então esta manhã tinha suco de laranja, café e uma tigela de *Rice Krispies*. Dei um pedaço de maçã, alguns biscoitos de hamster e água fresca para o Rex. Verifiquei meu e-mail. Pintei meus olhos com uma linha bem fina de preto esfumaçado e passei um pouco de rímel. Meu tênis ainda estava com um pouco de cheiro ruim, mas, felizmente, ficava longe do meu nariz.

Eu havia tirado a garrafa da sorte da bolsa na noite anterior, e colocado no balcão. Sendo realmente honesta, não era uma garrafa tão legal assim. E eu nem sabia ao certo por que tio Pip a havia deixado para mim. Eu gostava dele, mas não era mais próxima dele do que outros parentes. A razão por ele ter me escolhido para ficar com a garrafa da sorte era um mistério. Coloquei a garrafa contra a luz, mas não dava para ver nada dentro. Pensei ter ouvido alguma coisa quando a balancei, mas era muito de leve. Difícil era dizer se ela estava me trazendo sorte. Não fui pisoteada por vacas em debandada, devorada por um jacaré nem levei um tiro quando roubei a funerária, então talvez a garrafa estivesse funcionando.

Coloquei a louça na pia, falei para Rex ser um bom garoto e fui para a casa dos meus pais com o saco de lixo contendo as roupas com cheiro de bomba fedorenta. Há lavadoras e secadoras no subsolo do meu prédio, mas eu tenho quase certeza de que há ogros morando lá.

Minha avó estava sentada com o pé para cima, apoiado em uma cadeira da cozinha, quando entrei.

– Como está o pé? – perguntei.
– É um saco. Estou cansada de escutar toc, toc, toc. E eu levo meia hora para subir as escadas. Além disso, ele dói se eu ando muito, então fico sentada enlouquecendo. Não estou acostumada a ficar sentada por muito tempo. – Ela se inclinou para a frente e franziu o nariz. – Minha nossa, quem soltou um? Que cheiro é esse?
Eu levantei o saco de lixo.
– Minhas roupas estavam no lugar errado na hora errada. Preciso lavar.
– Deixa lá atrás – minha mãe falou. – Eu lavo depois.
– Temos bolo de café – vovó disse. – E umas salsichas do café da manhã na geladeira.
– Obrigada – falei –, mas acabei de comer.
Minha mãe e vovó olharam para mim.
– Você tomou café da manhã? – minha mãe perguntou. – Pensei que tivesse terminado com o Joseph.
Morelli não é nenhuma Martha Stewart, mas é fato que ele é mais organizado do que eu. Ele quase sempre tem comida em casa. Quando estávamos juntos, e eu passava a noite lá, eu tomava café da manhã na mesa de madeira da cozinha. Às vezes, tinha resto de pizza, outras, waffles torrados. E é o Morelli que sempre prepara o café, porque ele é sempre o primeiro a se levantar. A cozinha dele é quase idêntica à da minha mãe, mas parece completamente diferente. Ele arrumou o piso de madeira e instalou novos armários. A iluminação é agradável, e os balcões na casa do Morelli estão organizados na maioria das vezes. A cozinha da minha mãe não mudou muito desde que eu era criança. Alguns novos aparelhos domésticos e novas cortinas na janela de trás. O chão é de ladrilho de vinil. Os balcões, de fórmica. Os armários, de bordo. E a cozinha tem cheiro de café, torta de maçã e bacon, mesmo quando minha mãe não está cozinhando.
– Tomei café em casa – falei.

– Você está grávida? – vovó perguntou. – Às vezes, as mulheres fazem coisas estranhas quando estão grávidas.

– Eu não estou grávida! Fui ao mercado e comprei suco de laranja e *Rice Krispies* e tomei café em casa. Caramba. Parece que eu nunca como em casa.

– Você só tem uma panela – vovó disse.

– Eu tinha mais panelas, mas foram destruídas quando meu fogão pegou fogo. – Coloquei o saco de lixo na parte de trás da casa e sentei-me à mesa com vovó. – Talvez só um pedaço de bolo de café – falei.

Dois pedaços de bolo e duas xícaras de café mais tarde, empurrei a cadeira e me levantei.

– Preciso da Lula pra me ajudar a decorar essa grande bota preta – vovó disse. – Acho que precisa de purpurina ou strass. Lula tem jeito mesmo para moda.

Dez minutos mais tarde, eu estava procurando um lugar para estacionar em frente ao escritório de fianças. Havia carros enfileirados no meio-fio. Alguns estavam estacionados em fila dupla, outros, de frente. Vans de família, Escalades tunados, Civics e F150s. O trailer do Mooner estava parado em frente à livraria. Havia uma multidão na calçada. Difícil dizer o que estava acontecendo. Então eu vi uma placa ao passar por lá: LIQUIDAÇÃO DE RUA.

Estacionei a meia quadra de distância e voltei até onde Lula estava direcionando o tráfego de pedestres.

– Se quiserem algemas genuínas e de primeira qualidade, é só ir até a mesa número três – ela anunciava. – Dá para se divertir muito com essas algemas. Elas se encaixam direitinho na cabeceira da cama. Pistolas na mesa seis. Temos uma boa seleção. Aparelhos de cozinha e joias lá dentro.

– O que está acontecendo? – perguntei.

– Liquidação – Lula respondeu. – Sunflower não queria negociar, então estamos vendendo tudo. Quer um cortador de grama? Está baratinho.

– Eu não tenho jardim.

– É mesmo, eu tinha esquecido.

– Onde está Connie?

– Lá dentro. Ela está fazendo as vendas com cartão de crédito. Aqui fora é só dinheiro.

Lula usava um sapato de salto de microfibra preto de dez centímetros, com glitter multicolorido, uma saia curta roxa de lycra, um top dourado metálico e uma espingarda TAR como acessório.

– Para que a arma? – perguntei.

– Caso surja algum indisciplinado.

Um cara grande e careca usando camiseta regata justa e calça cargo veio até Lula.

– E aí, Lula – ele disse.

– Meu camarada – Lula falou.

– Preciso de uma arma. Essas são legalizadas?

– Você quer que sejam? – Lula perguntou.

– Não. Merda, para que eu iria querer armas legalizadas?

– Sei lá – Lula respondeu –, mas isso tudo é o que você quiser que seja. Somente dinheiro.

Abri caminho pela multidão até Connie.

– O que está acontecendo? – perguntei.

Connie deu um passo para trás, se afastando de uma mulher que olhava uma forma de waffle.

– Sunflower não quer negociar. Ele quer todo o dinheiro, então Lula e eu tivemos a ideia da liquidação de rua. Essas coisas eram todas garantias em troca de fiança, e nunca ninguém veio pedir de volta. Só estavam ocupando espaço na sala dos fundos, então pensamos em vendê-las.

– A Lula está vendendo armas lá fora!

– Ótimo – Connie disse. – Elas são o ponto alto das vendas.

– Acho que é ilegal vender armas assim.

Connie esticou o pescoço e olhou pela janela para Lula.

– Está tudo certo – Connie disse. – Aquele cara é policial.

– Quanto custam esses pratos com rosas desenhadas? – uma mulher queria saber.

– Vinte dólares – Connie disse.

Uma outra mulher se meteu.

– Um minuto. Esses pratos são meus. Eu dei a vocês para que meu sobrinho pudesse sair da cadeia.

Connie olhou para o adesivo na parte de trás de um dos pratos.

– Estamos com esses pratos há um ano e meio.

– Não quero saber. Eles são meus.

– Onde está seu sobrinho? – Connie perguntou.

– No Tennessee.

A primeira mulher deu uma nota de vinte à Connie e começou a empilhar os pratos.

– Polícia! – a outra mulher gritou. – Tem um roubo acontecendo aqui.

Lula entrou com a arma.

– Alguém disse roubo?

– Foi apenas um engano – falei para Lula. – Não atire em ninguém.

– Não foi engano nenhum – a segunda mulher disse. – Esses pratos são meus. Essa velha senhora ia embora com eles.

– Velha? Com licença – a primeira mulher disse –, você não é exatamente uma garotinha. E esses pratos são meus, eu vi primeiro.

As duas seguraram um dos pratos e ficaram cara a cara, com os olhos estreitados.

Mooner entrou todo relaxado com um prato de brownies.

— Senhoras, sirvam-se de um brownie do Moon Man. Estamos vendendo lá na frente, mas essas são amostras grátis. Fiz esses brownies na minha própria cozinha no Ônibus do Amor.

Paramos todos um minuto para que as senhoras e Lula pudessem pegar um brownie.

— Esses brownies são mesmo muito bons — Lula disse. — São brownies com qualidade de donuts.

— Mudei de ideia — a primeira mulher disse. — Não quero os pratos. Vou comprar brownies.

— Também não quero os pratos — a segunda mulher falou. — Nunca gostei mesmo deles.

Lula pegou outro brownie e voltou para patrulhar a calçada.

— Se ela continuar comendo brownies, teremos que pegar as chaves dela — Connie disse. — Não sei exatamente o que tem nos brownies do Mooner, mas acho que devem ter no mínimo 60% de substâncias controladas.

— Estou surpresa por Sunflower não aceitar o que você ofereceu para soltar o Vinnie.

— Ele estava de mau humor. Disse que tínhamos sorte por ele estar segurando um milhão e trezentos. E temos até nove horas da manhã de amanhã.

— Vocês conversaram sobre como a troca ia ser feita?

— Não. Ele não queria conversar. Estava realmente irritado. Me deu essa ordem e desligou na minha cara.

— Acho que as coisas não vão bem na terra de Sunflower.

Lula voltou até nós.

— Cuidado. Estou passando. Saiam da frente — ela dizia. — Acabei de vender todas as armas — falou para Connie. — Tem mais alguma?

— Não, acabou — Connie respondeu. — Guardei as melhores para uso pessoal. Estão trancadas na sala dos fundos.

— Que pena — Lula disse. — Tem uns caras comprando tudo. Vendi para eles um estojo de algemas que Vinnie conseguiu naquela venda relâmpago. E eles compraram uma caixa de dinamite que molharam quando o telhado estava vazando em janeiro.

– Eles são daqui?

– Não. São de Idaho. Eles falaram que faziam parte de uma milícia, e que estão aqui para um recrutamento.

– O-ou – Connie disse, olhando por cima de mim. – Morelli está na porta e não parece nada contente.

– Provavelmente ele queria algumas daquelas armas – Lula disse. – É o que acontece quando você não chega cedo. Perde todas as melhores coisas.

Morelli andou até nós e colocou uma das mãos na minha cintura.

– Precisamos conversar.

– Olá – Lula disse. – Você está bonito hoje, policial Morelli.

Morelli fez uma tentativa inútil de não sorrir.

– Você vai ter que cortar os brownies dela – ele disse à Connie.

– Eu a amarraria em um poste, mas ela vendeu todas as minhas algemas – Connie respondeu.

Morelli me arrastou pelos armários de arquivos para a porta dos fundos.

– Que diabos está acontecendo? – ele disse. – Eu estava passando por aqui a caminho da delegacia e vi uns neonazistas guardando armas na mala de uma van.

– Eles eram neonazistas?

– E tem uma fila na metade do quarteirão para comprar os brownies do Mooner. Acredito que você não tenha verificado os ingredientes.

– Chocolate, ovo, farinha... – falei.

– Não tem uma pessoa na fila que passaria em um teste de drogas.

Ele chegou mais perto de mim, cheirou meu pescoço, os lábios roçando minha orelha.

— Você está cheirosa de novo.
— Você também. Está com cheiro de... brownie!

Morelli me deu um sorriso forçado.

— Não sei como ele consegue, mas tem alguma coisa muito boa nesses brownies.
— Você vai denunciar o Mooner?
— Não. Quando eu chegar até ele, já vai ter vendido tudo, e aí acabou o problema.
— Como foi com os advogados mortos?
— Um verdadeiro fiasco. Só cheguei em casa às quatro da manhã. Dormi só quatro horas. Os federais tiveram que vir e fazer o trabalho. O caminhão da cena do crime quebrou e se atrasou por duas horas. Levou um ano para liberar os corpos para o IML. E agora tenho uma burocracia extra.

Ele olhou para a entrada do escritório.

— Isso está um zoológico. Parece urubu em cima de carniça.

Olhei em volta.

— É, parece que vão sobrar só os ossos. É incrível o que Connie vendeu em duas horas.
— Os brownies ajudaram.
— Você gosta de ser policial? — perguntei.
— Às vezes. Por quê?
— Não sei mais se gosto de ser caçadora de recompensas.
— O que gostaria de fazer?
— Esse é o problema. Não sei. Nunca tive paixão por nada. Fui para o comércio depois da faculdade porque adorava comprar, mas não gostava exatamente do meu emprego. E não tenho certeza se eu era boa. Depois me tornei caçadora de recompensas porque não conseguia arrumar mais nada. E agora eu sei que não sou a melhor caçadora de recompensas do mundo.
— Você faz várias capturas — Morelli afirmou.
— Nossa, você está apoiando meu trabalho?

– Não. Odeio seu trabalho, mas você não é horrível nisso.

– Esse é o problema. Eu não sou horrível nisso. Mas quero ser muito boa em alguma coisa.

– Conheço algumas coisas nas quais você é muito boa.

– Meu Deus.

Morelli colocou um dedo embaixo da alça do meu top.

– Você gostaria que eu listasse?

– Não!

– Hoje à noite?

– Talvez – respondi.

Morelli se inclinou e me beijou levemente nos lábios.

– Você é um docinho.

Achei que isso fosse bom, mas não tinha certeza. Olhei o Morelli indo embora e senti uma onda de ternura, e depois de luxúria. Morelli era maravilhosamente lindo, e eu conhecia alguns dos seus talentos também.

Voltei para Connie. Ela estava colocando um aparelho de jantar em uma caixa enquanto uma mulher esperava. Entregou a caixa à mulher, que saiu abrindo caminho pela multidão.

– Vou encerrar isso ao meio-dia – Connie disse. – Só sobrou porcaria. Nada que vá dar muito dinheiro.

– Tem algo que eu possa fazer?

– Sim, pode comprar comida. Quando eu fechar, contaremos tudo. Ou Lula vai desmaiar ou vai ficar com uma larica enorme.

VINTE

Quando voltei para o escritório um pouco depois do meio-dia, as mesas tinham sido retiradas da calçada e os carros e caminhões tinham ido embora. O trailer do Mooner ainda estava estacionado em frente à livraria, mas ele não estava à vista. O mais provável era que estivesse dentro do Ônibus do Amor planejando a Hobbit Con. Carreguei as sacolas de comida para o escritório e coloquei tudo na mesa da Connie.

Connie estava com uma calculadora, somando o dinheiro que havia empilhado no chão. Sua Glock estava na mesa ao lado do telefone. Lula estava adormecida no sofá. Ela acordou ao ouvir o barulho das sacolas de comida.

– Isso é comida? Deus abençoe quem quer que tenha trazido comida. Estou morrendo de fome.

– Tem sanduíche de almôndega, salada de batata e macarrão do Pino – falei.

Connie pegou um sanduíche e continuou trabalhando, digitando números na calculadora.

– Como estamos? – perguntei.

– Acho que vamos conseguir. As armas e a moto ajudaram muito.

– Aquela sala dos fundos está quase totalmente vazia – Lula disse. – A única coisa que restou foram umas bolas de sujeira.

Sentei e comi meu almoço, e fiquei vendo o tráfego em frente ao escritório. O ritmo na rua estava normal outra vez. Imaginei que os homens da milícia estivessem voltando para Idaho com suas dinamites, e alguma mulher do Burgo guardava um novo aparelho de jantar no seu armário de louças.

– É isso – Connie disse. – Temos um milhão e trezentos para Sunflower e cinquenta e dois dólares sobrando. Os cinquenta e dois estão na minha mesa. O restante pode ser empacotado. Vai contando enquanto guarda. Queremos dar a Sunflower um milhão e trezentos. Nem um centavo a mais nem a menos.

– Onde vamos colocar o dinheiro? – Lula perguntou.

Connie recolheu os restos do almoço e colocou tudo na sacola do Pino.

– Temos umas sacolas nos fundos que estavam guardando as armas. Vendemos as armas, mas ficamos com as sacolas.

– Vocês acham que Sunflower vai reconhecer o dinheiro dele? – Lula perguntou.

– Não, foi tudo empacotado de novo – Connie respondeu. – Pelo que sabemos, não fomos vistas na casa do Machadinha, e você foi a única a ser vista na funerária. Duvido que vão atribuir os roubos a você.

– É – Lula disse. – O Sunflower é machista e subestima as mulheres.

Lula e eu começamos a colocar o dinheiro nas sacolas, tomando cuidado de contar enquanto íamos guardando, e Connie ligou para Sunflower.

– Ele parecia mais feliz dessa vez – ela disse, ao desligar o telefone. – Acho que está precisando do dinheiro.

– Onde iremos fazer a troca? – perguntei.

– Ele quer que a gente leve o dinheiro para a porta dos fundos do bar. Falei que não vamos entrar, então ele vai mandar um dos seus homens nos esperar.

– Vamos de Mercedes – falei para Connie. – O Ranger monitora todos os carros. Se algo ruim acontecer, vamos ter o Ranger como reforço.

Levei o Mercedes até a área do estacionamento do escritório de fianças, e Lula e Connie levaram as bolsas para fora e as colocaram no banco de trás. Connie foi para o banco do carona e colocou a Uzi no chão, entre os pés. Lula se espremeu no banco de trás ao lado das sacolas cheias de dinheiro. Ela estava com a Glock na bolsa e uma .12 de cano serrado encaixada entre as pernas.

Eu estava com minha arma e duas balas.

– É melhor o Vinnie valorizar isso – Lula disse. – Estou esperando um aumento. E quero um carro da empresa. Não um carro qualquer, um bom. E quero também uma daquelas torres de presentes de Natal. Sabe, quando você entra no shopping e tem uma pilha de caixas com todos os tipos de coisa dentro?

– Eu não quero um aumento – Connie disse. – Quero resgatar o Vinnie e depois chutar aquela bunda pervertida do escritório de fianças até o hospital.

Atravessei a cidade dirigindo e entrei na Stark. Estava de olho no espelho retrovisor. Ninguém da Rangeman à vista, mas eu sabia que o Chest estava seguindo meu sinal na tela. Connie e Lula estavam em silêncio. Estávamos as três em alerta. Passei pelo bar, peguei o cruzamento seguinte, dirigi meia quadra e entrei no beco.

Três capangas esperavam do lado de fora da porta dos fundos do bar. Nada do Vinnie. Eu desci o beco e parei no bar. Connie abaixou a janela, e os homens se aproximaram. Connie colocou a Uzi para fora da janela e os homens pararam pelo caminho.

– Vocês estão com o dinheiro? – um dos caras perguntou.

– Estamos – Connie disse. – Vocês estão com o Vinnie?

– Não. Por que estaríamos com ele?

– Vocês o pegaram de volta.

– Não que eu saiba – o cara disse. – Eu só tenho que pegar o dinheiro de vocês. Vocês dão o dinheiro, e nós não explodimos o escritório de fianças com todos dentro, incluindo o Vinnie.

— Preciso de um tempo — Connie disse para os homens. E levantou o vidro.
— Que merda é essa? — Lula disse. — Estou confusa.
Connie olhou para mim.
— O que você acha?
— Eu acho que eles não estão com o Vinnie — falei.
Connie assentiu de leve.
— É o que eu acho também.
— Então quem o pegou? — Lula perguntou.
— Sei lá — Connie disse —, mas se dermos o dinheiro, eles não nos explodem.
Lula abriu a porta e jogou o dinheiro no chão.
— Quero um recibo — ela disse.
— Não tenho recibo — o primeiro cara disse. — O Sr. Sunflower não deu nenhum recibo pra gente. E mesmo assim, a gente teria que contar a grana toda pra dar um recibo.
— Estão dizendo que sou trapaceira? — Lula disse ao cara. — Porque é melhor retirar o que disse se quis mesmo dizer isso. Você vai sofrer horrores se me caluniar.
— Credo, dona — o cara disse. — Eu só não tenho um recibo. Fica calma.
— Hum — Lula disse e bateu a porta.
— Acho que terminamos por aqui.
E partimos.
— Isso foi meio frustrante — Lula disse. — Eu esperava pegar o Vinnie de volta. Não que eu quisesse ele de volta, mas demos um monte de dinheiro a esses caras e parece que deveríamos ganhar algo em troca. Preciso de um donut. Se você entrar na Broad, tem um lugar que vende.
— Você não pode resolver todos os seus problemas com donuts — falei. — Se continuar fazendo isso, vou acabar ficando gorda.
— Tem quatro formas de lidar com o estresse — Lula disse. — Drogas, álcool, sexo e donuts. Eu fico com sexo e donuts. Tentei

as outras duas e não foi nada bom. Se você está na seca, tem que se contentar com os donuts.

Entrei na Broad e uma quadra depois parei no drive-through de um Dunkin' Donuts. Lula comprou um saco de donuts e Connie outro.

Peguei um donut da Connie.

– Então, que conclusão tiramos sobre o Vinnie?
– Acho que está morto – Lula disse.
– Ele não apareceu – Connie falou.

Lula terminou o primeiro donut.

– Ele poderia estar no necrotério.

Connie balançou a cabeça.

– Todos os policiais conhecem o Vinnie. Ele seria identificado se aparecesse morto.
– Então devem ter feito um monte de buraco nele, igual a um queijo suíço, colocado cimento pra ficar pesado e jogado da ponte no rio Delaware. Ou então levaram o Vinnie a um açougue, cortaram em pedacinhos e colocaram no moedor de carne – Lula disse. – Vou comer esse donut de geleia. Adoro.
– Então morto é uma possibilidade – falei. – O que mais?
– Alguma outra pessoa pode ter sequestrado o Vinnie – Lula disse. – Alguém além de Bobby Sunflower.
– Por quê? – Connie quis saber.
– Acho que pra ganhar dinheiro, como Sunflower. Pode ser um imitador – Lula disse.
– Ninguém entrou em contato conosco – Connie disse.
– Hum – Lula disse. – Isso é problemático.
– Tem outra coisa que eu sempre pensei que fosse problemática – falei. – Se achamos que alguém sequestrou o Vinnie, como sabiam que ele estava no trailer do Mooner? Mooner pegou o Vinnie na casa dos meus pais. E falou para ele não sair do trailer.
– Entendo o que você está dizendo – Lula falou. – Tinha que ser um daqueles crimes oportunistas. Como se alguém decidisse

roubar o trailer do Mooner quando ele fosse à padaria, desse de cara com o Vinnie lá dentro e decidisse levá-lo no momento, e depois matasse e colocasse o nojento em um moedor de carne.

– O que você tem com esse moedor? – perguntei à Lula.

– Não sei. Acho que estou com vontade de comer hambúrguer no jantar e fico pensando em moedores.

Desci a Hamilton e estava feliz em ver que o Ônibus do Amor ainda estava em frente à livraria. Manobrei o Mercedes em um espaço no meio-fio e desliguei o motor.

– Quero falar com o Mooner – disse para Connie e Lula. – As peças do quebra-cabeça não estão se encaixando.

Mooner estava na porta do trailer antes que eu batesse.

– Estava esperando você voltar – ele disse. – Estava pensando se eu podia usar sua eletricidade. Estou, tipo, com a bateria baixa, e a Aliança Cósmica não entende esse negócio de não ter energia.

– Claro – Connie disse. – Estamos mesmo ferrados. Você tem que tirar antes de eu ir embora à noite.

– Entendido. E não se preocupe, tenho minha própria extensão.

– Fale comigo sobre o desaparecimento do Vinnie – pedi. – Me explique de novo ponto por ponto.

– Bom, como eu disse, estávamos curtindo. Estávamos ouvindo Dead e relaxando. Eu estava, tipo, só dirigindo por aí admirando o mundo. E depois, vi a confeitaria, então coloquei o velho ônibus no estacionamento.

– Pare – falei. – Fale sobre o estacionamento. Estava vazio?

– Não. Tinha, tipo, dois carros. O carro grande e o pequeno.

– Um SUV e um carro esporte.

– Corretíssimo.

– Tinha alguém nos carros?

– Acho que não, mas não tenho certeza. Eu não estava prestando atenção. E se alguém tivesse, tipo, deitado tirando um cochilo? Quero dizer, eu não ia ver, não é? Então isso conta?

– Conta.
– Pois bem, tipo, cara.
– O que o Vinnie estava fazendo quando você saiu do trailer para entrar na confeitaria?
– Ele estava no carona. E acho que estava olhando pra fora da janela. Só que não tinha nada pra ver, a não ser o estacionamento.
– Então o Vinnie estava no banco carona do trailer e você estava indo para a confeitaria. Tinha alguém no estacionamento? Talvez indo para o carro?
– Não. O estacionamento estava vazio, só tinha eu.
– E a confeitaria? Tinha algum cliente além de você?
– Não. Mas sabe aquelas portas de vidro das confeitarias? Então, tipo, imagine que tinha duas pessoas entrando e saindo por aquelas portas ao mesmo tempo. Eles estariam entrando ou saindo? E, tipo, isso contaria?
– Sim, contaria – respondi.
– Então tinha mais alguém, e ela estava entrando ou saindo. Agora que parei pra pensar, acho que ela podia estar um pouquinho mais pra fora do que pra dentro. Eram os melões que estavam além da linha. Ela tinha, tipo, uns peitões. Com certeza eles cruzam a linha antes do resto do corpo.
– Ela estava saindo quando você estava entrando?
– É – afirmou Mooner.
– Você viu a mulher atravessar o estacionamento?
– Não, cara. Eu fui rendido pela força do rocambole de canela.
– Tá bem. Então, como ela era? – perguntei.
Mooner sorriu.
– Tinha uns peitões.
– Já estabelecemos isso – falei.
– Ele tem uma fixação por peitões – Lula disse. – O que os homens têm com peitões? As mulheres não têm fixação por bolas. A gente não fica por aí procurando caras com bolas de basquete penduradas até o joelho.

– Voltando à mulher – falei. – Quantos anos ela devia ter?
– Mais ou menos nossa idade.
– Bonita?
– É. Ela era, tipo, bonita como uma estrela pornô.
– Que merda é essa de bonita como uma estrela pornô? – Lula quis saber.
– Tipo, com aqueles peitões, sabe?
– Se disser peitões mais uma vez, eu bato em você – Lula falou.
– Continuando – falei. – O que mais?
– Ela estava usando muita maquiagem, e tinha lábios grossos e brilhantes. Vestia um daqueles tops de couro preto com cadarços. E o top, tipo, estava segurando os... você-sabe-o-quê.
– Ela usava um bustiê – Lula disse.
– E também vestia uma saia de couro preta que era, uau, muito pequena. E salto agulha.
– É, é mesmo uma estrela pornô – Lula disse.
Eu tinha quase certeza de conhecer aquela estrela pornô, e ela era pornô apenas nos seus filmes caseiros.
– E o cabelo? – perguntei.
– Vermelho. Como o da Lula, mas tinha, tipo, muito cabelo, com ondas e cachos. Como a Farrah Fawcett ruiva.
– Joyce Barnhardt – falei.
– É – Mooner disse.
– Você sabia que era Joyce?
– Claro.
– Por que não falou?
– Você não perguntou se eu sabia o nome dela – Mooner disse.
– Posso bater nele agora? – Lula perguntou.
Olhei para ela.
– Você bateria no cozinheiro de brownie?
– É, bem pensado – Lula falou.
– Ao menos sabemos onde Vinnie está escondido – Connie disse.

– É, ele fugiu farejando a Barnhardt – Lula disse. – Só estou surpresa de ele ainda estar lá. Barnhardt usa os caras e depois chuta fora.

Joyce Barnhardt é minha arqui-inimiga. Fiz toda a escola com ela, e ela se esforçou ao máximo para tornar minha vida um inferno. Para não ser injusta com Joyce, não era só comigo. Ela fazia a vida de todo mundo um inferno. Era uma criança gorda que cuspia na comida dos outros, olhava por baixo da porta do banheiro, mentia, trapaceava e fazia bullying. Em algum momento do ensino médio, ela se tornou uma vampira sexual e finalmente perdeu peso, comprou seios, inflou os lábios, tingiu o cabelo e aperfeiçoou suas habilidades como usuária e destruidora de lares alheios no mais alto nível. Ela teve casamentos múltiplos, cada um mais vantajoso que o outro, e está atualmente solteira e caçando. Dirige uma Corvette ostentosa e mora em uma casa grande a pouca distância do Vinnie.

– Vamos sair – falei para Lula.

– Você vai pegar o Vinnie? – ela perguntou.

– É. Não sei por que, mas me sinto obrigada a resgatar esse cara.

– Você que sabe – Lula disse.

VINTE E UM

Joyce morava em uma casa que era uma mistura de Mount Vernon e Tara do filme *E o vento levou*. Um gramado profissionalmente tratado levava a uma monstruosa casa colonial branca com persianas pretas e uma entrada com colunas. Entrei na rua da Joyce e vi que Vinnie estava sentado no meio-fio na frente da casa. Ele havia voltado a usar apenas samba-canção e estava com uma barba de dois dias por fazer.

– Isso é nojento – Lula disse. – Você não vai deixar ele entrar nesse carro maneiro, vai? Ele provavelmente pegou pereba da Barnhardt no corpo todo. Talvez fosse melhor amarrar o nojento no teto.

– Não tenho nenhuma corda elástica. Ele vai ter que entrar no carro.

Parei e deixei o Vinnie entrar no Mercedes.

– Por que demorou tanto? – ele disse.

Vinnie estava no banco de trás. Olhei pelo retrovisor e lancei meu olhar da morte.

– Você não tem jeito – Lula disse a Vinnie. – Vou ter que desinfetar meus olhos depois de ver você com essa cueca. Por que está sempre usando cueca quando resgatamos você?

– Eu não estava usando nada quando fui chutado para fora – ele disse. – Os vizinhos reclamaram e Joyce jogou essa samba-canção para mim. Nem é minha.

– Por que você não telefonou?

– O quê? – Vinnie disse. – Você está vendo um telefone aqui comigo?

– Acho que nenhum dos vizinhos da Joyce iria abrir a porta para um homem pelado – Lula disse.

– Só o tempo suficiente para mandar um cachorro atrás de mim.

– Então, por que Joyce chutou você? – Lula perguntou.

– Ela descobriu que eu não tinha dinheiro.

Meia hora depois, eu estava de volta ao escritório e Vinnie estava lá dentro, olhando para o fio elétrico saindo do trailer do Mooner.

– Que merda é essa?

– Ele precisava de eletricidade para a Aliança Cósmica – Lula disse. – Você não vai se vestir? Estou ficando enjoada olhando para o seu corpo ridículo de doninha.

– Minhas roupas estão todas na casa ambulante do pateta lá fora. Esse cara é maluco. Ninguém nunca disse a ele que os Hobbits não são reais? – Vinnie entrou na sua sala e olhou em volta. – O que aconteceu com os meus móveis? Tudo o que tem aqui é minha mesa e uma cadeira dobrável.

– Vendemos – Connie disse.

– É, a gente vendeu tudo – Lula disse. – A gente vendeu os pratos, as armas, os grills e as joias. Até a moto.

– A BMW? Vocês estão de sacanagem comigo? Era a minha moto particular.

– Não é mais – Lula disse.

– Precisávamos do dinheiro para pagar a sua dívida – falei. – Você está liberado do Sunflower e do Mickey Gritch.

Mooner apareceu no escritório.

– Hola, amigo – ele falou para Vinnie. – Bem-vindo de volta, cara. Quanto tempo!

– É, mais tempo do que eu queria. Você não entregou o meu bilhete para ninguém?

– Você não deixou um bilhete.

— Claro que deixei um bilhete – Vinnie disse. – Estava em cima da mesa. Eu não encontrei nenhum papel, então escrevi em um guardanapo.

— Cara, aquilo era seu bilhete? Achei que o guardanapo tivesse vindo daquele jeito. Sabe quando você pega aqueles guardanapos nos bares com coisas engraçadas escritas?

— Você não leu?

— Não, cara, coloquei meus doces dentro dele. É pra isso que os guardanapos servem... pra bebidas e doces.

— Pelo menos estou de volta ao escritório – Vinnie disse. – O escritório de um homem é seu castelo, certo? – Ele sentou na cadeira dobrável e abriu a primeira gaveta. – Cadê minha arma?

— Vendida – Connie disse.

Vinnie fechou a gaveta e colocou as mãos na mesa.

— E o meu telefone?

— Vendido também – Connie disse.

— Como é que eu vou trabalhar sem um telefone?

— Você não trabalha mesmo – Lula disse. – E agora não vai poder ligar para o seu agente, que, aliás, provavelmente não está falando com você porque você não tem nenhum dinheiro.

— É, mas vocês pagaram tudo, não é? Chegou a quanto?

— Um milhão e trezentos – Connie disse.

Vinnie congelou, boquiaberto.

— Vocês pagaram um milhão e trezentos? Onde diabos arrumaram tanto dinheiro?

— Vendemos seu telefone – falei.

— É, e sua bicicleta – Lula disse.

— Isso não chega nem perto de um milhão e trezentos. Onde conseguiram o resto do dinheiro?

— Prefiro não comentar – falei.

— Stephanie está certa – Connie disse. – Você não vai querer saber.

— Só entrei pra tirar o fio da tomada — Mooner disse. — A Aliança quer que eu vá até o aeroporto pegar alguns Hobbits que estão chegando para o grande evento.

— Tudo bem, então não tenho um telefone — Vinnie disse. — Mesmo assim, é bom estar aqui. Estou dizendo, pensei que fosse morrer. Eles estavam falando sério. Não sei qual é o negócio do Bobby Sunflower, mas ele estava alterado. E depois que a casa foi bombardeada, todo mundo ficou duas vezes mais maluco. Fiquei feliz quando vocês me resgataram daquele apartamento, mas imaginei que meu tempo era curto. Nunca pensei que fossem me tirar dessa. Eu sabia que Sunflower ia me procurar e explodir meus miolos. Percebi que ele iria até a Antártica se precisasse.

— Ele precisava de dinheiro — falei.

Vinnie abriu a gaveta do meio e vasculhou dentro dela.

— A caixa pequena não está aqui.

— E? — Connie perguntou.

— Foi bem gasto — Vinnie disse. — Não que eu não esteja grato.

— Por que Sunflower precisava do dinheiro? — perguntei.

— Maus investimentos, eu acho.

— Como o quê?

Vinnie deu de ombros.

— Não sei. Nem quero saber. Só quero relaxar e curtir não ter ninguém querendo me pegar. Quero sentar aqui na minha sala e ver televisão por meia hora. — Vinnie olhou em volta. — Onde está minha TV? Ah, merda, não me digam que vocês venderam minha televisão.

— Consegui duzentos dólares nela — Lula disse.

— Era de alta definição! — Vinnie disse. — Era de plasma.

— Bom, se você quiser, posso ligar para Bobby Sunflower e dizer que quero duzentos dólares de volta pra você repor sua TV de plasma de alta definição — Lula disse.

— Não, está tudo bem — Vinnie disse. — Vou sentar aqui, fechar meus olhos e fingir que tenho uma televisão. Estou calmo. Feliz por estar vivo. Feliz por ter saído da casa da Joyce sem ter meu Johnson cortado fora. – Vinnie abriu os olhos e olhou para nós. – Ela é um animal.

– Muita informação – Lula disse.

Connie foi até a mesa atender o telefone.

– Vinnie – ela chamou. – É Roger Drager, presidente da Wellington. Ele quer falar com você.

– O que é a Wellington? – Lula perguntou para Vinnie.

– É a empresa de capital de risco que é proprietária da agência.

– Ah é – Lula disse. – Agora eu lembro.

Vinnie foi até a mesa da Connie para atender.

– Sim – ele disse. – Sim, senhor. Sim, senhor. Sim, senhor. – E desligou.

– Isso foi muito sim, senhor – Lula disse.

– Ele quer me ver no escritório dele – Vinnie anunciou. – Agora.

– Melhor colocar alguma roupa – Lula aconselhou. – Ele pode não gostar do pequeno Vinnie pendurado no seu samba-canção.

– Vou pegar – Mooner disse. – Elas estão no Ônibus do Amor.

– Sobre o que ele quer falar com você? – Connie perguntou.

– Não sei – Vinnie respondeu.

– Talvez sejam os contratos de fiança fantasma – Connie disse.

As sobrancelhas de Vinnie se levantaram.

– Vocês sabem disso?

– Nós reviramos o escritório, procurando dinheiro, e descobrimos o arquivo.

– Começou pequeno. Juro pelo túmulo da minha mãe que eu tinha a intenção de pagar a Wellington de volta.

– Sua mãe não está morta – falei.

– Ela vai estar um dia – Vinnie disse. – De qualquer forma, saiu do controle. No começo, eu só queria uma pequena quantia pra pagar Sunflower por causa de umas apostas ruins, mas Sunflower veio e não queria deixar pra lá. Antes que eu percebesse, o contador dele estava me ajudando a administrar dois grupos de contas.

– Esse foi o contador que morreu?

– É – Vinnie disse. – Morte súbita com marcas de pneu nas costas.

Pensei em Victor Kulik e Walter Dunne, executados atrás do Regal Diner. A expectativa de vida com a Wellington não era alta.

Mooner voltou com as roupas de Vinnie.

– Eu arrumei para você, cara – Mooner disse. – Elas estão, tipo, show.

Vinnie colocou as calças e olhou para baixo. Elas tinham sido encurtadas até um pouco abaixo do joelho, e a camisa transformada em uma túnica com um cinto feito de corda. Caía bem com os sapatos sociais e as meias pretas. Mooner escreveu Doderick Bracegirdle com marcador permanente preto no bolso da camisa. Vinnie parecia um Hobbit bêbado saindo de um porre de três dias. Seu cabelo com gel estava todo grudado, as roupas amassadas e manchadas, e a barba pertencia a Grizzly Hobbit.

– Eu mataria esse cara – Vinnie disse, olhando fixamente para Mooner –, mas vocês venderam a minha arma.

– Provavelmente, esse tal de Drager quer que você seja preso por extravio – falei para Vinnie. – Ele não vai se importar se você for um Hobbit sem teto.

– Eu nem tenho carteira de motorista – Vinnie disse. – Ou um carro.

Pendurei minha bolsa no ombro.

– Eu levo você. Para onde vamos?

– Ele está no centro, no Meagan Building.

O Meagan Building era um prédio alto de vidro preto e aço, construído muitos anos antes da quebra do mercado de imóveis comerciais. A Wellington Company ficava no quinto andar. Saímos do elevador para um corredor com carpete. Tapete cinza-claro, paredes creme com acabamento em madeira e portas de cerejeira. Chique. A Wellington ocupava o andar inteiro. Estava ficando tarde e a mesa da entrada estava vazia. Roger Drager esperava por nós na pequena recepção.

Drager estava na casa dos quarenta, bem-vestido, com grandes entradas no cabelo castanho, cerca de 1,55m e seu corpo estava ficando flácido. Sua mão estava pegajosa quando nos cumprimentamos. Ele nos conduziu por uma sala com cubículos e vários arquivos. Havia escritórios privados com janelas no perímetro da sala. Mesas e cadeiras. O mesmo nos cubículos. Só alguns caras relaxados nas cadeiras jogando paciência no computador. Não havia trabalho acontecendo. Nenhum telefone tocando.

– Onde está todo mundo? – perguntei a Drager.

– Horário flexível – ele respondeu. – A maioria prefere chegar cedo e sair cedo.

Nós o seguimos por um longo corredor até seu escritório. Havia uma grande mesa enfeitada e um aparador em um lado da sala. Uma área para assentos com um pequeno sofá e duas cadeiras e uma mesa de centro do outro lado. Até aquele momento, parecia que ele não percebera que Vinnie era um Hobbit.

– Deixe-me ir direto ao ponto – Drager disse à Vinnie. – Sei que você tem roubado da Wellington. Quero todos os detalhes e o dinheiro que você extraviou. Quero também os nomes de todos os falsos contratos de fiança que assinou.

– Sim, senhor – Vinnie assentiu. – Vou cooperar completamente. Não sei onde conseguir o dinheiro, mas vou devolver de alguma forma. O senhor está envolvendo a polícia?

– Não se você devolver o dinheiro. – Drager levantou-se e olhou o relógio. – Tenho outra reunião. Vocês conseguem sair sozinhos?

– Com certeza – Vinnie disse. – Sem problema.

Drager andou até uma parte do corredor conosco, despediu-se e entrou em outra sala. Vinnie e eu continuamos em direção à sala com os cubículos. O prédio estava estranhamente silencioso, exceto pela sala da direita. Dava para ouvir uma máquina funcionando do outro lado da porta fechada. Abri a porta e olhei para dentro da sala. Havia uma grande fragmentadora de papéis ligada. Um garoto com cara de fastio estava de pé do lado da máquina. Sacos pretos de lixo cheios de papel estavam empilhados contra uma parede.

– Que foi? – o garoto quis saber.

– Desculpe – falei. – Estou procurando o banheiro.

– Perto do elevador.

Agradeci e fechei a porta. Não disse nada a Vinnie até entrarmos no carro e sairmos do estacionamento.

– Então o que você acha? – perguntei a ele.

– Ele estava nervoso – Vinnie disse. – Assustado.

Vinnie podia ser uma pessoa horripilante, mas era excelente em julgar as pessoas. Esse era um dos motivos pelos quais ele era um bom agente de fianças. Vinnie sabia quando as pessoas estavam mentindo, assustadas, dopadas, estúpidas ou loucas. Quando ele não estava fraudando intencionalmente, não fazia muitos contratos de fiança ruins. Vinnie sabia quem iria fugir e quem apareceria no tribunal.

– Tem alguma ideia de por que Drager estava nervoso?

– Acho que alguém o está pressionando.

– Aquela sua próxima reunião?

Vinnie deu de ombros.

– Tudo o que sei é que Drager não queria me calar ou me mandar pra cadeia. Ele só queria o dinheiro.

– Sabe o que mais eu achei estranho? O escritório. Não tinha gente trabalhando lá. Ele disse que as pessoas saíram cedo, mas eu não vi nenhuma bagunça nas mesas dos cubículos e das salas.

Nada nas lixeiras. A única máquina funcionando era a fragmentadora. Que tipo de escritório tem tantas mesas vazias e uma fragmentadora de papel gigante?

— Um escritório falso — Vinnie disse. — Credo, não quero dizer o que estou pensando.

— Que você e Bobby Sunflower estão trapaceando alguém que é mais trapaceiro ainda?

— É.

— Drager?

— Drager está metido nisso, mas ele não é o fim da linha. Alguém está com ele nas mãos.

VINTE E DOIS

Lula e Connie estavam nos esperando voltar ao escritório, e já estava chegando a hora do jantar, então parei no caminho para comprar um balde de frango. Eu estava ficando enjoada de frango, mas era fácil e rápido, e relativamente barato.

Levamos o frango para a sala de Vinnie, colocamos mais cadeiras e caímos dentro.

– O que Drager queria? – Connie perguntou.

– Dinheiro – Vinnie respondeu. – Ele quer o dinheiro que perdeu nos contratos falsos.

Connie parou de comer.

– E quanto é isso?

– Não sei. Muito. Talvez um milhão. Preciso ver os arquivos de novo.

Connie, Lula e eu tivemos uma transmissão de pensamento. A mensagem era: *Sem essa, José.*

A porta da frente do escritório abriu e fechou. Connie foi ver quem tinha entrado, comigo atrás dela, e Lula atrás de mim.

Havia três homens parados no meio da sala. Eles usavam camisa para fora das calças pretas e sapatos arranhados. Minha primeira impressão é que eram policiais. A segunda, capangas contratados. Aparentavam cerca de quarenta anos e davam a impressão de ter comido muito amido, bebido vodca e não ter tomado sol suficiente. Rostos brancos, barrigas flácidas. Olhos de porquinhos malvados. Entradas nos cabelos. Armas presas na cintura, a maior parte escondida embaixo das camisas.

Connie foi até a sua mesa e se sentou. Eu sabia por quê. Ela costumava guardar uma Uzi e uma Glock na gaveta do meio. Lula e eu ficamos em pé na frente da sala do Vinnie, e eu fechei a porta atrás de mim.

— Posso ajudá-los? — Connie perguntou.

— Estamos procurando por Vincent Plum.

— Ele não está — Connie respondeu. — Gostariam de deixar recado?

— Senhorita, nós vimos quando ele entrou aqui vestindo uma roupa esquisita. Diga que Larry, Mo e Eugene querem falar com ele.

— E seria sobre o quê?

— Assuntos de negócios.

— Acho que o Sr. Plum não está disponível no momento.

Larry puxou a arma da calça.

— E eu acho que vou ter que atirar em uma de vocês se ele não ficar disponível.

— Ei, Vinnie! — Connie gritou. — Há alguns idiotas aqui querendo falar com você.

Eu me afastei e Vinnie enfiou a cabeça pela porta.

— Que foi? — ele disse.

— Você tem que vir com a gente — Larry anunciou. — Vamos dar uma voltinha.

— Você está de sacanagem comigo? — Vinnie disse. — Já dei uma voltinha. Cansei disso. Sunflower já está com a grana dele. Qual é o acordo?

— Pegamos e devolvemos — Larry afirmou. — Não fazemos acordos. Não sabemos nada sobre isso. E não trabalhamos para Sunflower.

— Então vocês trabalham pra quem? — Vinnie quis saber.

— Você vai descobrir quando for dar a voltinha.

— Olhe pra mim — Vinnie disse. — Estou vestido como um Hobbit. Não vou mais sair vestido assim.

– O que é um Hobbit, porra? – Larry perguntou.
– São pequenas criaturas vindas da Terra-Média – falei.
– Tipo uns anõezinhos?
– Não, mas podem ter uma relação distante com Munchkins – respondi.
– O que vocês usaram? Pó mágico? – Larry me perguntou.
Eu não sabia na verdade o que era pó mágico, mas tinha certeza de que não tinha usado isso.
– Cansei de conversa – Larry disse para Vinnie. – Não me importa se você está vestido que nem um nabo. Andando. O carro está aqui na frente.
– Não – Vinnie disse.
E pulou pra trás batendo a porta e trancando-a. Mo e Eugene apontaram as armas e os três caras encheram a porta de buracos.
– Vocês estão com um problemão agora – Lula informou os homens. – Aquela porta pertence à Wellington Company, e eles vão ficar irritados quando virem o que vocês fizeram. Portas não dão em árvore, sabiam?
– Não dou a mínima para a Wellington Company – Larry respondeu.
– E os policiais? – Lula disse. – Não dá a mínima para eles? Considerando que Vinnie está ligando para a polícia agora mesmo. Ou ao menos ligaria, se tivesse um telefone.
– Derrube a porta – Larry disse a Eugene.
Connie, Lula e eu sabíamos que não seria fácil. Não era a primeira vez que Vinnie tinha que entrar na sala e se esconder. Ele reforçara a porta com vergalhões e trincos grossos que estavam na porta inteira.
Eugene deu um chute na porta um pouco abaixo da maçaneta. Nada. Bateu com o corpo na porta. Nada. Atirou na fechadura e chutou um pouco mais. Um pouco da madeira ficou lascada e mostrava uma parte do vergalhão.

– Ele reforçou esse troço – Eugene disse.

– Não vou sair daqui de mãos vazias – Larry disse. – Vamos levar uma das mulheres.

– A pessoa para quem vocês trabalham não vai ficar nada feliz com isso – Lula disse. – Ela quer o Vinnie. Alguma de nós se parece com ele? Acho que não.

– Qual delas você quer? – Eugene perguntou. – Quer a gorda escandalosa?

Os olhos de Lula ficaram tão grandes que pareciam bolas de sinuca.

– Dá licença? Você falou gorda? Porque é melhor não ter dito isso. Sou grande e bonita, mas não sou gorda. E não suporto essa merda de difamação. E quero só ver você encostar as mãos em mim, porque eu vou chutar sua bunda daqui até domingo.

– E se nós atirássemos em você? – Larry disse.

– Estaria com um problemão com a Wellington Company de novo. Eles não teriam ninguém para trabalhar nos arquivos. Talvez falassem com o chefe de vocês e ele faria cada um de vocês idiotas vir aqui e arquivar. É isso que querem? Querem arquivar o dia todo? Porque não é nenhum piquenique.

– Se você levar essa, eu me demito – Eugene reclamou. – Ela não cala a boca.

– Concordo – Larry disse. – Pegue uma das outras duas.

Eugene olhou para ele.

– Qual? Que tal aquela na mesa com os peitos?

Agora eles estavam insultando.

– Ei – eu disse. – Mostre alguma sensibilidade. Também tenho peitos, sabia?

– Então pegue a que tem os peitinhos pequenos – Larry determinou. – Não me importa qual delas. Só quero dar o fora daqui.

– Obrigada, mas não – falei.

– Pensei que estivesse bancando a voluntária – Larry disse.

– Eu não estava bancando a voluntária, apenas mostrando que tenho peitos.

– Pegue essa – Larry disse a Eugene.

Eu me movi rápido e coloquei a mesa da Connie entre nós. Dançamos em volta da mesa durante um tempo, e Larry gritou para parar.

– Olhe como vai ser – Larry me explicou. – Você vem com a gente ou eu vou atirar em uma das suas amigas.

– O que vai acontecer se eu for com vocês?

– Acho que vamos fazer você de refém até podermos trocar você com o fracassado lá de dentro.

– Não parece tão ruim – Lula disse.

– Claro, ótimo – disse a Lula. – Se você acha que parece tão maravilhoso, pode ir com eles.

– Nada disso – Lula disse. – Estou furiosa com eles. O Sr. Pudim me chamou de gorda.

O Sr. Pudim apontou a arma para Lula e atirou. A bala a atingiu de raspão no braço e entrou na parede atrás dela. Connie abriu a gaveta da escrivaninha, pegou a Glock e atirou no joelho do Larry, que gritou e caiu como um saco de areia.

– Abaixem as armas ou eu atiro de novo – Connie disse.

Eugene e Mo largaram as armas e congelaram, e Larry ficou rolando, segurando o joelho, com sangue pela calça.

– Tirem ele daqui – Connie disse. – E não voltem.

Eugene e Mo arrastaram Larry para fora, o enfiaram no carro e saíram cantando pneus.

– Aquele imbecil atirou em mim – Lula disse. – E agora eu estou sangrando. Alguém me arrume um Band-Aid. Vou ficar muito chateada se o meu top sujar de sangue. Era um modelo exclusivo do T.J. Maxx. Tive sorte de achar.

Os trincos deslizaram e a porta do Vinnie abriu.

– Eles já foram? – Vinnie perguntou, espiando pela porta.

— Foram — Connie respondeu. — Mas vão voltar.
— Temos um problema — falei. — Onde vamos esconder o Vinnie?
— Nem olhe pra mim — Lula disse.
— Ele é seu parente — Connie falou para mim.
— Já fiquei com ele uma vez — respondi.
— O Mooner não está — Connie disse. — Ele foi para o negócio dos Hobbits.

Olhei para o Vinnie.

— E então?
— Que tal um hotel? — Vinnie sugeriu.
— Sem dinheiro — Connie respondeu. — Estamos completamente no vermelho.
— Você não tem amigos de verdade? — perguntei a Vinnie.
— Só tenho amigos quando tenho dinheiro.
— Isso é triste — Lula disse. — Você é um indivíduo patético.
— Vá para o inferno — Vinnie retrucou.
— Viu, é disso que estamos falando — Lula disse. — Você está em uma maré de raiva, e já que eu faço esse curso sobre a natureza humana, sei que isso vem da insegurança. Você provavelmente molha a cama ou algo do tipo. Ou talvez tenha um pinto pequeno ou não consegue fazer ele subir sem remédio pra melhorar o desempenho sexual. Ou então você é um daqueles que tem o pinto torto. É muito comum, mas alguns homens não gostam disso. Particularmente, eu acho que um pinto que vira a esquina pode ser uma experiência única.
— Atirem em mim — Vinnie disse.
— Vou ficar com ele até encontrar algo melhor — falei. — Mas vocês me devem uma. Espero que apareçam lá em casa e limpem meu banheiro quando ele sair.

Deixei Vinnie no meu apartamento e dei instruções estritas. Ele tinha que usar as próprias toalhas, ficar fora do meu quarto — minha cama e minhas roupas estavam fora de cogitação. Não podia mexer nas minhas calcinhas. Não podia alimentar o Rex ou bater na gaiola dele. Ele podia comer minha comida e beber minha cerveja se não me deixasse sem nada.

— Claro — Vinnie disse. — Tanto faz.

Vesti uma saia preta curta, um top branco com um profundo decote em V, um casaco leve preto e sapatos pretos de salto. Lenny Pickeral, o bandido do papel higiênico, estaria no velório do Burt Pickeral essa noite, e eu me sentia impelida a capturá-lo. Não sabia bem o porquê, uma vez que o escritório de fianças não estava muito operacional. Acho que era uma forma de me convencer de que havia alguma normalidade.

Telefonei para ver se vovó queria uma carona até o velório.

— Seria maravilhoso — vovó disse. — Emily Klug ia me pegar, mas suas hemorroidas estão sangrando.

Vovó e eu chegamos lá meia hora depois do velório ter começado e o estacionamento da funerária estava lotado. Deixei vovó na porta e a observei subindo a escada aos trancos. Ela havia conseguido muletas emprestadas e, entre as muletas e a bota ortopédica, estava tirando o máximo de proveito da perna quebrada. Estacionei a uma quadra de distância e andei rapidamente até o Stiva's.

O ar na funerária estava pesado, com cheiro de cravos e lírios. Não sou alérgica, mas flores de funeral fazem meu nariz escorrer. Muitas flores em um lugar muito pequeno, eu acho, combinado com mulheres exageradamente perfumadas e a ventilação ruim do Stiva's.

Os Elks chegaram cheios de enfeites, com faixas, chapéus, medalhões e cheiro de álcool. Passei pela multidão, procurando por vovó e por Lenny Pickeral. Provavelmente, era uma coisa terrível tentar prender alguém em meio ao luto, mas era o meu trabalho, e era a lei. A verdade é que ninguém na multidão parecia devastado com a tragédia da morte do Burt. Ele havia tido uma vida longa e plena, e no Burgo é fácil aceitar a morte. Havia muitos católicos devotos que encontravam consolo verdadeiro na fé.

Ouvi um grito na minha frente. Foi seguido de um murmúrio e algum movimento. Cheguei perto e vi vovó em cima de Maria Lorenzo. Dois homens tentavam levantar a Maria, mas ela já havia alcançado o ponteiro dos 113 quilos na balança, e eles estavam tendo muita dificuldade para pegá-la.

– Desculpe ter derrubado você – vovó disse à Maria. – São essas malditas muletas. Ainda não peguei o jeito com elas, mas preciso usar, porque meu pé está todo quebrado. Eu deveria estar em uma cadeira de rodas, mas não quero parecer fresca.

Tirei vovó de perto da Maria e a levei para uma área com menos gente. Ela bateu em duas pessoas no caminho, mas nenhuma caiu.

– Fique aqui – falei. – Você não vai causar estragos se ficar paradinha aqui.

– Sim, mas qual a graça disso? Não estou perto dos biscoitos. E ainda nem vi o morto. E aqui as pessoas não vão ver que estou inválida.

– Se continuar acertando as pernas das pessoas com as muletas, vão expulsar você daqui.

– Eles não fariam isso. Sou uma senhora e vou morrer logo, e eles me querem como cliente. Encomendei um caixão muito caro aqui. Mogno com alças douradas e acolchoado com cetim verdadeiro. E é reforçado, para os vermes não me comerem. O rei Tutancâmon poderia ter sido enterrado nesse caixão que ainda estaria novo em folha.

Eu esperava que a funerária não estivesse pensando em receber o dinheiro do funeral da vovó logo, porque eu tinha quase certeza de que ela não morreria nunca.

– Talvez você conseguisse andar melhor sem as muletas – falei para ela.

– Dessa maneira, não vou conseguir tanta compaixão. Essa é minha grande chance. Outras pessoas têm ataques cardíacos e pedras nos rins, e eu nunca tenho nada disso. Sou saudável como um cavalo. Não pego nem resfriado. Tudo o que eu tenho é um pé quebrado e não está sequer quebrado o suficiente pra nos dar direito a um adesivo de deficientes para o carro. Estou dizendo, não existe justiça nesse mundo.

– Tudo bem, vamos combinar. Você pode segurar as muletas, mas não andar com elas.

– Está tudo bem – disse vovó. – Não consigo me dar bem com elas mesmo. Acho que balanço quando preciso pisar.

– Aonde você quer ir primeiro? – perguntei.

– Quero ver o morto. E depois quero biscoitos.

VINTE E TRÊS

Guiei a vovó até o caixão e saí para procurar Lenny Pickeral. Depois de cinco minutos circulando pela sala, percebi que todo mundo parecia com ele. Até as mulheres. Alguns Pickeral eram mais velhos do que os outros, mas, tirando isso, eram intercambiáveis.

Parei um Pickeral qualquer e perguntei por Lenny.

– Estou procurando o Lenny – disse. – Você o viu?

– Eu estava falando com ele agora mesmo – ela respondeu. – Ele está aqui, em algum lugar.

– Viu como ele estava vestido?

– Casaco esporte preto e camisa social azul.

Ótimo. Isso descrevia metade dos Pickeral. Fui para o outro lado da sala e perguntei novamente.

– Ele está logo ali, conversando com a tia Sophie – a mulher disse. – Está de costas para nós.

Fui para perto do Lenny e coloquei minha mão em seu braço.

– Lenny Pickeral? – perguntei.

Ele se virou e olhou para mim.

– Sim.

– Com licença – falei para a tia Sophie. – Gostaria de dar uma palavrinha com o Lenny.

Lenny tinha a minha altura e era magro. Suas roupas eram apresentáveis, mas baratas. O tom da pele era de trabalhador de escritório. Levei-o a um canto silencioso e me apresentei.

– O que significa isso? – ele perguntou. – Cumprimento de fianças?

— Quando você não aparece no tribunal, meu chefe tem que arcar com o dinheiro que ele afixou para você. Se eu levar você de volta ao tribunal para agendar uma nova data, recebemos de volta nosso dinheiro.

— Parece tranquilo — Lenny disse. — Quando quer fazer isso?

— Agora.

— Vai demorar muito? Eu trouxe a minha mãe.

— Alguém pode levar sua mãe para casa?

— Acho que sim. Tem tribunal noturno? Como isso funciona?

Ele estava fazendo muitas perguntas. E dava para ver o pânico em seus olhos. Ia fugir. Tirei as algemas da minha bolsa e *clique*! Coloquei uma em volta do seu pulso. Seus olhos se arregalaram e a boca se escancarou, e ele olhou para as algemas como se fossem répteis.

— Não quero fazer escândalo. Ande calma e silenciosamente comigo — falei.

— O que está acontecendo? — quis saber uma mulher. — Por que você algemou o Lenny? Ei, Maureen, venha ver isso.

Em questão de segundos, Lenny e eu estávamos cercados por vários Pickeral.

— Não está acontecendo nada de mais. Só vou levar Lenny ao centro pra agendar uma nova data no tribunal.

— É sobre o papel higiênico? — um homem perguntou.

— É — respondi.

— Não é justo. Ele devolveu tudo.

— E foi por uma boa causa — outro homem disse. — Ele estava protestando. Já teve que usar um daqueles banheiros no Turnpike? Aquele papel higiênico parece mais uma lixa.

Tudo bem, o negócio é o seguinte. Na verdade, eu odiava o papel higiênico dos banheiros do Turnpike, então eu entendia o protesto. O problema era que pior que lixa era não ter papel nenhum.

Uma senhora entrou agitada.

– Sou a mãe dele. O que é isso? – ela disse, pegando as algemas.
– É sobre o papel higiênico – alguém disse.
– Ah, pelo amor de Deus – a sra. Pickeral disse. – Era papel higiênico. E nem era bom.
– Além disso, é o trabalho da vida dele – uma mulher disse. – Ele é um guerreiro, como Robin Hood.
– É – todo mundo murmurou. – Robin Hood.
– Mesmo assim, tem que marcar a data no tribunal – retruquei.
– Não tem tribunal hoje à noite – a sra. Pickeral contestou. – E ele precisa me levar para casa. Eu garanto que ele vai amanhã de manhã.

Já havia escutado muito isso. Ninguém jamais aparecia na manhã seguinte.

– Olhe pra ele – ela continuou. – Parece um criminoso?

Meu nariz escorria e meus olhos estavam inchados por causa das flores. E eu estava me importando cada vez menos com Lenny Pickeral e seus crimes estúpidos de papel higiênico.

– Tudo bem – concordei, retirando as algemas. – Vou soltar, mas vocês são todos responsáveis. Se Lenny não aparecer amanhã de manhã no tribunal para remarcar, serão cúmplices de um crime.

Aquilo foi uma verdadeira abobrinha, mas eu sentia que tinha que dizer algo. E foi naquele momento que Deus me recompensou por mostrar compaixão e deixar Lenny ir. Ou talvez tenha sido a garrafa que eu havia colocado de volta na bolsa que tinha me dado sorte. Dei as costas a Lenny e, pelo canto dos olhos, vi de relance uma cabeça se sobressaindo no meio do povo de luto. Era Butch Goodey. O dinheiro da captura do Lenny teria me rendido um sanduíche de almôndegas. O de Goodey iria pagar meu aluguel e um pouco mais.

Goodey estava de pé perto do caixão, dando os pêsames para a família. Encostei na parede, chegando por trás até ele. Não tinha ideia de como iria pegá-lo. Eu não estava com uma arma de choque ou um spray de pimenta. Não estava prestes a atirar. Mesmo que conseguisse colocar as algemas nele, não acho que conseguiria impedi-lo de escapar. Fiquei em um canto e esperei que ele se afastasse do caixão.

– E aí – falei, aparecendo na frente dele. – Como vai?

Ele ficou inexpressivo por um momento, enquanto ligava os pontos, e então a ficha caiu.

– Você de novo! – ele disse, rodando, procurando uma saída, achando a porta que dava para o saguão.

– Espere! – falei, agarrando a parte de trás da sua jaqueta. – Precisamos conversar. Podemos fazer um acordo.

– Eu não vou para a cadeia – ele disse. E saiu porta afora. Eu ainda estava com os dedos agarrados na jaqueta e segurei firme, tentando fazê-lo ficar mais lento com o meu peso, sem muita sorte. Ele derrubava as pessoas, empurrava-as para o lado, forçando o caminho para o saguão.

Vovó estava na porta aberta, ao lado da parte dos biscoitos.

– Ei! – ela disse a Butch. – O que é que está acontecendo entre você e minha neta?

– Saia do meu caminho – ele disse.

– Isso não é jeito de falar com uma senhora – vovó disse e acertou Butch na canela com a muleta.

– Ai! – Butch exclamou, parando o suficiente para que eu acertasse as bolas dele com minha bolsa. Butch respirou fundo, caiu de joelhos e se encolheu.

Corri até ele com as algemas e prendi seus tornozelos. Duas vezes.

– Caramba – vovó disse. – Você lhe deu uma baita pancada com essa bolsa. O que tem aí dentro?

– A garrafa da sorte do tio Pip.

Agora Butch rolava pelo chão da funerária. Eu o tinha capturado, mas não havia como colocá-lo no carro. Eu não conseguiria arrastá-lo, e ele não iria conseguir andar com os tornozelos presos. Se eu algemasse suas mãos e soltasse as algemas dos tornozelos, ele fugiria.

— Preciso de ajuda pra levar esse cara até o carro — falei para a multidão reunida à nossa volta.

Todo mundo disfarçou. Ninguém se ofereceu.

— Pelo amor de Deus. Ele é um criminoso!

O diretor da funerária, Milton Shreebush, apareceu correndo.

— Caramba — ele disse, olhando para Butch.

— Ele é um DDC — vovó disse. — Minha neta acabou de fazer uma manobra de captura.

— Estou vendo — Milton disse. — Mas ele não pode ficar no chão assim.

— Então me ajude a arrastá-lo até o carro — falei.

Milton chegou perto de Butch, e Butch rosnou e o agarrou. Milton esbofeteou Butch e os dois rolaram, presos um ao outro.

— Me ajudem — Milton gritou. — Chamem a polícia. Alguém faça alguma coisa!

Eu me aproximei e acertei a cabeça do Butch com a minha bolsa. Ele balançou a cabeça, atordoado, e Milton conseguiu se soltar.

— Isso não funcionou muito bem — vovó disse.

Butch estava se arrastando, balançando os braços, tentando agarrar as pessoas, e todo mundo mantendo distância. Percebi que minhas escolhas eram bater nele com a garrafa e derrubá-lo, ligar para a polícia, ligar para a Rangeman ou soltá-lo. Decidi pela Rangeman.

Na Rangeman, levaram cinco minutos para atender meu chamado de ajuda. Dois caras grandões, usando uniformes pretos da Rangeman e cintos de utilidade, andaram calmamente até Butch e olharam para ele. Butch ainda estava no chão, suando, rosnando, cuspindo e fazendo movimentos ameaçadores.

Um dos caras deu um choque em Butch. Mas ele não se moveu rápido o suficiente, e Butch agarrou a arma e a jogou para o outro lado da sala.

– Hum – o funcionário da Rangeman disse.

– É – falei. – Já passei por isso.

– Tem certeza de que ele é humano?

– Talvez você pudesse prender uma corrente nas algemas e arrastar o Butch com o carro – falei.

– Tentamos isso uma vez, e o Ranger não gostou – ele disse. – Se você faz uma coisa que o Ranger não gosta duas vezes, fica sem emprego e prejudicado.

– Precisamos limpar a área – o outro disse. – Livre-se da plateia.

A maioria dos curiosos já tinha saído, entediada, e eu consegui persuadir o resto a pensar nos comes e bebes. Eu estava guiando-os à mesa de biscoitos e ouvi um barulho como se fosse um taco de beisebol acertando um saco de areia. *Pof!* Virei e vi que Butch estava dormindo.

– Ele está bem? – perguntei.

– Está – o funcionário da Rangeman respondeu. – Ele vai ficar bem. Só tinha que se acalmar. Gostaria que o deixássemos na delegacia pra você?

– Claro, isso seria ótimo – respondi.

Eles algemaram as mãos enormes do Butch atrás das costas e o arrastaram para fora.

– Eles parecem uns caras legais – vovó disse.

Deixei vovó em casa e liguei para o Ranger.

– Tem um minuto? – perguntei.

– Quantos você quiser.

Dirigi até o centro da cidade, entrei na rua do Ranger e estacionei na garagem da Rangeman. Peguei o elevador até o sétimo andar e apertei o interfone ao lado da porta do Ranger. Eu podia simplesmente entrar. Tinha a chave, mas pensei que talvez pudesse passar a mensagem errada.

Ranger abriu a porta e me olhou de cima a baixo.

– Linda.

– Obrigada, eu estava em um velório.

– Eu soube.

Ele ainda estava com a roupa de trabalho. Camiseta preta, calça cargo preta, tênis pretos. A sombra do sol de cinco horas da tarde. Seu apartamento estava sempre fresco e perfeito. Iluminação ambiente no corredor. Flores frescas na pequena mesa do corredor. Tudo trabalho da empregada dele. Segui-o até a cozinha e ele me serviu uma taça de vinho tinto. A cozinha era pequena, mas uma obra de arte. Aço inoxidável e granito preto.

– O que está havendo? – ele perguntou. – É uma visita pessoal ou de negócios?

– Negócios. – Provei o vinho. – Gostoso.

Morelli teria me oferecido uma cerveja. Ranger sempre me oferecia vinho que eu não teria dinheiro para comprar. Ele sabia o valor da tentação e do suborno.

Ele se inclinou sobre o balcão da cozinha, com os braços cruzados.

– Acho que isso é sobre o Vinnie.

– Conseguimos arrumar o dinheiro para pagar a dívida dele, mas o presidente da Wellington ligou e disse que queria falar com ele.

– Isso foi hoje?

– Foi. À tarde. Aí o Vinnie e eu fomos à Wellington. Os escritórios ficam no Meagan Building. E estavam vazios. O presidente, Roger Drager, estava lá, além de uns caras de terno jogando paciência e um garoto usando uma fragmentadora de papéis gigante. Drager disse que a empresa tinha horário flexível, mas os cubículos e as salas não pareciam estar sendo usados, na minha

opinião. Nenhuma bagunça, nada nas lixeiras. E Drager estava nervoso. As mãos dele suavam.
— O que ele queria?
— Dinheiro. Ele sabia sobre os contratos de fiança falsos, e queria o dinheiro de volta.
— Ele não calou o Vinnie? Não foi à polícia?
— Não. O Vinnie disse que o negócio parecia suspeito. Como se fosse uma empresa fantasma. Ele ficou preocupado de trapacear alguém que fosse um trapaceiro ainda maior.
— Isso não é bom — Ranger disse.
— E ficou pior. Voltamos para o escritório e três capangas entraram e tentaram levar o Vinnie sob a mira de uma arma. Um deles atirou na Lula, mas foi só de raspão, então Connie atirou no joelho de um e eles foram embora.
Ranger sorriu.
— Connie provavelmente deve atirar em homens desde os doze anos.
— Então, o que você acha da Wellington?
— Acho que eu não gostaria de trabalhar lá.
— Eu deveria contar para o Morelli?
— Só se você quiser o segundo melhor — Ranger disse.
— Estou falando sobre a ação da polícia.
Ranger pegou meu vinho, provou e o colocou sobre o balcão.
— Vamos entrar na Wellington.
— Agora?
— É.
Eu o segui pela sala de estar até o quarto dele.
— O prédio deve estar vazio — Ranger disse, entrando no closet. — O pessoal da limpeza já deve ter ido embora a essa hora.
— E o alarme?
— A Rangeman instalou o sistema de segurança no Meagan Building.

VINTE E QUATRO

O quarto do Ranger era luxuosamente masculino. Madeira escura, paredes marfim, castanho e marrom, cama *king-size* com linho italiano caríssimo. Havia um banheiro enorme e um closet tão grande quanto o meu quarto. Ele abriu uma gaveta, pegou um cinto de utilidades e colocou. Depois, escolheu uma arma de outra gaveta. Algemas, arma de choque, spray de pimenta. Ranger me deu uma lanterna e pegou outra para ele. Vestiu uma jaqueta com o logo da Rangeman visível. Selecionou outra jaqueta da Rangeman e me entregou.

– Tire sua jaqueta e coloque esta. Se alguém nos vir, posso dizer que estávamos checando a segurança.

Pegamos o elevador para a garagem, onde Ranger escolheu um SUV da sua frota. O Meagan Building ficava apenas a alguns quarteirões de distância. Fácil encontrar lugar na rua para estacionar àquela hora da noite. Estacionamos em frente à porta. Ranger usou suas habilidades para entrar no prédio e para desativar o alarme. Sem necessidade de lanterna. O corredor tinha uma iluminação fraca, assim como o hall e o elevador.

– Quinto andar – falei.

Entramos no elevador, ele apertou o botão e olhou para mim.

– Você está muito calma.

– É fácil ficar calma quando estou com você. Me sinto protegida.

– Eu tento – Ranger disse. – Você nem sempre coopera.

As portas se abriram e saímos no corredor que dava para a porta da Wellington. Ranger a abriu, nós entramos e fechamos a porta.

A sala interna estava um breu. Nenhuma luz no caminho. Nas outras salas havia luz ambiente, mas não era o suficiente para me guiar. Ranger ligou a lanterna.

— Vamos tentar usar apenas uma luz — ele disse. — Segure em mim se não conseguir enxergar.

Enfiei minha mão na parte de trás da calça dele um pouco acima do cinto.

— Estou pronta para continuar.

Ele parou por um momento.

— Você podia ter segurado minha jaqueta.

— Você preferia que eu fizesse isso?

— Não. Nem um pouco.

Ele iluminou os cubículos e as salas. Parou e abriu um armário de arquivos. Vazio.

— Você estava certa — ele disse. — Nada disso está sendo usado. Onde fica a sala do Drager?

— Tem um corredor no final dessa sala. A dele fica no final do corredor.

Ranger iluminou a porta da sala da fragmentadora de papel.

— O que tem aí dentro?

— Uma fragmentadora.

— E ali?

— É uma sala. Drager disse que tinha uma reunião. Entrou aí e nós fomos embora.

Ranger abriu a porta e iluminou em volta. Era uma sala de reuniões. Mesa grande e oval. Cadeiras afastadas da mesa. Desocupadas no momento.

Continuamos pelo corredor até a sala do Drager. A porta estava entreaberta, e Ranger parou antes de entrar. Ele sabia o que ia encontrar lá dentro. Eu também sabia. Dava para sentir o cheiro. Um corpo em decomposição. Não demora muito após a morte. O corpo começa a exalar fluidos. Piscinas de sangue. O cheiro é inconfundível.

— Espere aqui — Ranger disse.
— Tudo bem. Posso encarar.
Drager estava no chão perto da mesa dele. Provavelmente havia caído da cadeira. Bala na nuca. Morte por execução, como Kulik e Dunne. Ranger colocou luvas descartáveis e metodicamente foi até o armário de arquivos.
— Não estou encontrando nada aqui — falou. — Fizeram uma faxina nessa sala. — Ele foi até o aparador. — Opa — disse, quando abriu a gaveta de cima.
— Opa, o quê? Eu odeio opas.
— Saia da sala.
— O quê?
— Explosivos — Ranger disse. — Com um *timer* e um fio de detonação. Se eu abrisse essa gaveta mais um centímetro, seu hamster ia ficar órfão.
— Quanto tempo temos?
— Sete minutos.
— Merda!
Virei e tropecei na pasta do Drager.
— Leve — Ranger disse, segurando minha mão e me empurrando para o corredor.
Disparamos pelo corredor e pela sala dividida em cubículos. Saímos empurrando a porta e corremos para o elevador. Ranger tinha deixado o elevador na espera. Ainda estava parado no nosso andar. Entramos e Ranger apertou o botão para o térreo.
— Quanto tempo temos? — perguntei.
— Quatro minutos. Muito tempo.
Saímos do elevador, cruzamos o saguão e deixamos o prédio. Ranger ativou novamente o alarme e entramos no SUV.
— Dois minutos — Ranger disse, saindo do meio-fio.
As janelas do quinto andar explodiram quando chegamos à esquina. Ranger deu meia-volta e parou para que pudéssemos ver o

prédio. Houve uma segunda explosão, o alarme disparou e o fogo começou a sair pelas janelas abertas.

Ranger ligou para a sala de controle.

– Diga a todos os socorristas do alarme do Meagan Building para cercar o exterior do prédio. Sob nenhuma condição eles podem entrar até que o chefe dos bombeiros diga que o prédio está seguro.

Dois SUVs da Rangeman chegaram e estacionaram a meia quadra de distância do prédio em chamas. Um carro de polícia chegou ao mesmo tempo, Ranger deu outra meia-volta e voltou para a Rangeman. Estacionou na garagem e olhou para mim.

– Você realmente consegue correr nesses saltos – ele disse. – Lembrar disso vai me deixar sem dormir por um bom tempo.

Esse comentário me fez sorrir.

– Desculpe interferir no seu sono.

– Há uma solução para esse problema – Ranger disse, saindo do carro. – Você pode terminar seu vinho lá em cima e podemos conversar sobre o assunto. – Ele abriu a porta do carona, pegou a pasta da minha mão e sorriu. – Gata, você está com "pânico" escrito na testa.

– Você é um dilema.

Ele me conduziu para o elevador.

– Bom saber.

Entramos em silêncio no andar do Ranger, ele abriu a porta e eu fui para a cozinha e peguei meu vinho de volta.

– Gostaria de ter ficado mais tempo na Wellington – Ranger disse.

Ele deixou a jaqueta e o cinturão no balcão da cozinha, serviu-se de uma taça de vinho e completou a minha.

– Eles estavam retalhando papéis quando estive lá com o Vinnie. Provavelmente não restou nada para ver.

Ranger levou seu vinho para a sala de jantar e jogou o conteúdo da pasta do Drager em cima da mesa.

— Extratos bancários — Ranger disse. — E uma lista de negócios dirigidos pela empresa. — Ele folheou os extratos. — Parece um padrão de transferências para uma Sociedade Limitada de Nova Jersey chamada GBZakhar, e alguém a riscou do último extrato.

Ele levou o extrato para a combinação escritório/esconderijo anexa ao quarto e digitou Zakhar no computador.

— GBZakhar não tem site — ele disse. — Vamos ao site de negócios de Jersey.

Ranger navegou pelo site e finalmente chegou a uma guia de requerimento de informação pública. Ele forneceu um número de cartão de crédito e as informações sobre a GBZakhar foram exibidas na tela.

— Isso é interessante — Ranger disse. — Você reconhece o nome do agente registrado?

— Walter Dunne. Um dos advogados da Wellington encontrado morto atrás do Diner.

— GBZakhar fornece uma caixa postal em Newark como endereço. E lista quatro dirigentes: Herpes Zoster, Mickey Mouskovitch, Rainbow Trout e Gregor Bluttovich. Acredito que os três primeiros nomes sejam falsos, o que nos deixa com Gregor Bluttovich.

— Blutto! Gritch disse que ouviu Sunflower falar sobre um Blutto. Gritch não sabia se era nome, sobrenome ou apelido.

Eu estava inclinada atrás da cadeira de Ranger, lendo a tela do computador, me segurando para não beijar seu pescoço. Seria uma coisa totalmente errada a se fazer, mas era muito tentador. Ele sempre cheirava tão bem, como o gel de banho da Bulgari Green que usava. Como o cheiro permanecia durante o dia todo, era um mistério. A camisa preta mostrava seus bíceps. Ele usava um relógio como único acessório. Suas costas pareciam atléticas debaixo da camisa. Pensei que seria melhor ainda sem camisa.

Tudo o que tinha que fazer era encostar meus lábios no seu pescoço e a camiseta iria embora.

– Gata – Ranger disse. – Se você não se afastar alguns centímetros, vamos ter que investigar o Bluttovich amanhã de manhã.

Não me mexi. Estava contemplativa.

– Gata?

Eu me afastei da cadeira dele.

– Estava lendo a tela. Vamos ver o que você consegue puxar sobre Blutto.

Ranger tinha programas de computador de última geração que deixavam a maioria das pessoas sem nenhum segredo virtual. Ele conseguia ver registros médicos, históricos de cartões, tamanhos de sapatos, litígios, e o que se pudesse imaginar.

Ranger digitou Gregor Bluttovich em um dos programas e as informações apareceram.

– Cinquenta e dois anos – Ranger disse. – Nascido em Varna, Bulgária. Veio pra cá em 92. Ele tem quatro ex-esposas e está atualmente solteiro. Tem sete filhos distribuídos entre as ex-esposas. O mais velho tem 34 anos, o mais novo, seis. Foi policial em Varna por 15 anos. Nenhum histórico de trabalho depois disso. Possui propriedades em Newark e em Bucks County. Conheço a área de Newark. Abriga uma grande população imigrante da Rússia. A propriedade de Bucks County fica em Taylorsville. Ele é afiliado a outras três *holdings*. Colocou duas pontes de safena há dois anos. Foi acusado de assalto à mão armada no ano passado, mas as queixas foram retiradas.

– Qual foi a arma?

– Uma serra. Ele cortou fora a perna de um cara. Alegou que foi um acidente.

– Ele não é nada legal.

– Tenho alguns contatos em Newark. Veja se consegue achar algumas torradas e queijo na cozinha que eu vou fazer algumas ligações.

Fui para a cozinha e me servi de outra taça de vinho. Encontrei um brie e outro queijo cremoso e com ervas. Tenho certeza de que tudo fora comprado pela empregada, Ella. Coloquei os dois queijos em uma tábua com biscoitos de água e sal, pedaços de maçã e morangos frescos e levei para o Ranger, junto com a garrafa de vinho e nossas taças. Arrumei tudo na mesa e coloquei brie em um biscoito para mim.

Ranger tirou o fone de ouvido.

– Isso é bom.

– Não posso levar a fama. Ella deixou tudo preparado.

Ranger cortou o queijo misterioso e comeu com um pedaço de maçã. Nada de biscoitos calóricos para ele. Ranger era uma pessoa saudável.

– Falei com duas pessoas em Newark – Ranger disse. – A opinião das duas é que Gregor Bluttovich é perigoso. Um mafioso búlgaro. O apelido é Blutto. Um ego enorme. Temperamento terrível. Provavelmente, criminosamente insano. Ambos os contatos usaram a palavra *psicopata* para descrevê-lo. As atividades dele são de porte médio, e ele está sobrecarregado. Dizem por aí que está eliminando parceiros indesejados.

– Como a Wellington?

– É.

– Onde o Vinnie entraria nisso?

– Bluttovich é dono da Wellington. Então, Vinnie trapaceou Bluttovich. E não é nada saudável fazer isso com ele.

– Nada saudável quanto?

– O menos possível.

– Morto?

– Mortinho da Silva – Ranger disse.

– O que eu devo fazer?

– Beber outra taça de vinho.

– E depois?

Os olhos de Ranger se fixaram nos meus.

– Se eu não conhecesse você melhor, acharia que está tentando me deixar bêbada.

– Bêbada não – Ranger disse. – Só relaxada e nua.

Fui distraída por um ícone que piscava na tela do computador.

– O que é aquele fogo piscando? – perguntei.

– Estou conectado à sala de controle. Um dos nossos sistemas enviou um alerta de incêndio.

Ele digitou a senha e um endereço apareceu.

– Hamilton Avenue – falei. – Ai meu Deus, é o escritório de fianças!

Ranger colocou o fone de ouvido e falou com a sala de controle, verificando o incêndio. Tirou o fone, se afastou da mesa e ficou de pé.

– Acho que esse é o fim do nosso momento romântico – falei para ele.

– Tudo bem. Você vai ter muitas outras oportunidades para encontros românticos.

Ele encurtou o espaço entre nós e me beijou. Nossas línguas se tocaram e eu pressionei meu corpo contra o dele.

– É só um incêndio – sussurrei.

Ele parou por um instante.

– Se já viu um, já viu todos – falou. E tirou minha camisa branca. Ele me beijou novamente, e quando parou um momento, meus olhos inadvertidamente passaram para a tela do computador.

– Gata?

– Não consigo evitar. Todas essas coisas piscando no computador estão me distraindo.

Ele estendeu a mão, digitou algo e a tela ficou preta.

– Eu sei que elas estão ali – falei.

Ranger enfiou minha camisa pela minha cabeça e a arrumou.

– Sou bom e estou motivado, mas sei quando não insistir com uma mulher distraída. – Ele me beijou levemente nos lábios e apontou para a cozinha. – Você me deve uma.

Peguei a minha bolsa e o meu casaco preto e o Ranger colocou de volta o cinturão. Descemos de elevador até a garagem e entramos no meu Mercedes SUV, com Ranger dirigindo.

– Esse carro está com cheiro de frango frito – Ranger disse. – E de alguma outra coisa ruim.

– A bomba de fedor da Connie – falei.

VINTE E CINCO

Ranger entrou na Hamilton e dava para ver o brilho do incêndio. Minha respiração ficou presa no peito e meus olhos se encheram de lágrimas.

– Ligue pra Connie, Lula e Vinnie, para ver se eles estão bem – Ranger disse.

Liguei primeiro para Connie. Ela atendeu no segundo toque e eu respirei um pouco melhor. Falei a ela sobre o incêndio e disse para ficar em casa até que eu entrasse em contato novamente. Depois liguei para Lula. Ela também estava em casa. Liguei para o meu apartamento duas vezes, antes que Vinnie atendesse.

– Não sabia se podia atender seu telefone – Vinnie disse.

– Queria saber se você estava bem. O escritório de fianças está em chamas.

– Merda! – Vinnie disse. – Vou já para aí.

– Não! Acabei de chegar com o Ranger. Vamos dar conta disso. Não quero que você saia do apartamento.

– Está muito ruim?

– Muito. Ligo de volta quando tiver mais informações.

Ranger estacionou a uma quadra de distância, e era difícil ver alguma coisa além de ondas de fumaça e chamas em direção ao céu escuro. A rua estava cheia de carros de bombeiro, ambulância e polícia. Homens gritavam as instruções. Eles já estavam jogando água no fogo, mas, quanto mais perto ficávamos, mais dava para ver que não daria para salvar nada. Houve uma série de explosões e todo mundo recuou.

— Munição — Ranger disse.

Ainda bem que nós fizemos a liquidação de rua, pensei. A munição que restou era pouquíssima. E a dinamite tinha sido toda vendida. As explosões pararam e os bombeiros se aproximaram. Eles estavam concentrados em conter e minimizar o dano às propriedades próximas.

— Isso está fora de controle — Ranger disse. — Vamos ter que fazer algo com relação a Bluttovich.

— Como o quê?

— A curto prazo, precisamos encorajar que ele esqueça o Vinnie. A longo prazo, precisamos anular suas ações. Conseguir que as leis sejam aplicadas por uma razão suficiente para deixar Bluttovich preso por um bom tempo.

Ranger desviou o olhar. Virei para ver o que chamara sua atenção e localizei Morelli vindo em nossa direção.

— Não precisa ficar aqui até o final — Ranger disse. — Deixe Morelli seguir você até em casa, no caso de Blutto estar vigiando. Vou ficar para falar com o chefe dos bombeiros.

— Você não precisa ficar — falei.

— É meu trabalho — Ranger disse. — A Rangeman cuida da segurança do escritório de fianças.

Morelli se aproximou. Ele acenou com a cabeça para Ranger enquanto Ranger saía para encontrar o chefe dos bombeiros, e me deu um sorriso seco.

— Você está bem? — perguntou.

— Estou. Os caminhões já estavam aqui quando cheguei.

— Isso é um alívio — Morelli disse. — Estava com medo de que você e Lula tivessem iniciado o incêndio. — Ele olhou ao redor. — Não foi Lula, foi?

— Não — respondi. — Já verifiquei.

Morelli me olhou de cima a baixo.

— Esse é seu uniforme de inspeção?

— É, e os saltos estão me matando. Estou pronta para ir embora. Você pode me acompanhar? Ranger acha que eu preciso de escolta.

Contornei o incêndio e, vinte minutos depois, estava no estacionamento do meu prédio com Morelli na minha cola. Saímos dos nossos carros e Morelli me acompanhou até o prédio.
Tirei os sapatos e chamei o elevador.
— Provavelmente, eu deveria acompanhar você até a porta — Morelli disse. — Talvez eu devesse até entrar e ver se tem monstros embaixo da cama.
A porta do elevador abriu e Vinnie estava parado lá dentro, usando minha calcinha.
— Subindo? — ele perguntou.
Morelli ficou de boca aberta.
— Que porcaria é essa?
— Fiquei trancado do lado de fora — Vinnie disse. — Desci para lavar minhas roupas e, quando voltei para o apartamento, a porta tinha batido.
— Essa calcinha é minha! — falei.
Vinnie olhou para baixo.
— Pensei que você não fosse querer me ver andando por aí pelado. Todas as minhas roupas estão na máquina.
— E você decidiu que usar calcinha era a melhor solução? — perguntei.
— Era a única coisa que cabia em mim. Tem elástico...
— Lucille chutou o Vinnie para fora e ele não tinha lugar pra ficar — expliquei a Morelli.
Morelli sorriu pra mim.
— Já vi você com essa calcinha, e fica muito melhor quando *você* usa.

— Como está o escritório de fianças? — Vinnie perguntou.
— Em cinzas — respondi.
— Meu Deus! — Vinnie disse. — Merda. Droga. Porcaria. — Ele socou a parede do elevador e bateu o pé.
— Essa não é uma boa cena — Morelli disse.
— É, e eu não quero essa calcinha de volta — falei.
— Talvez fosse melhor vir para a minha casa e deixar o Vinnie com o apartamento — Morelli disse.

Mordi meu lábio inferior. Deixei Vinnie sozinho no apartamento por algumas horas e ele estava usando minha calcinha quando voltei. Tive dores no estômago só de pensar no que poderia acontecer se eu o deixasse lá a noite inteira.

— Essa provavelmente não é uma boa ideia — respondi. — Não posso pensar em jogar fora nenhuma outra calcinha.

— Entendido. Odeio deixar você em um barco afundando, mas não sei mais o que posso fazer aqui, a não ser que você queira que eu prenda o Vinnie por atentado violento ao pudor — Morelli disse. Ele me pegou e me beijou, me empurrou dois passos para dentro do elevador e apertou o botão do segundo andar. — Me avise quando ele for embora. Podemos ir às compras e substituir a calcinha por algo realmente pequeno.

Vinnie e eu descemos no segundo andar e entramos no apartamento.

— Você não pode andar por aí assim — falei. — Está me assustando. — Vasculhei meu closet e peguei um roupão velho.

— Eu vi isso — Vinnie disse. — Mas pensei que não fosse cair bem em mim.

— Você já se viu com essa calcinha? Você não se enxerga... Ela não só não cabe em você, como mostra trodos os pneus. É uma visão medonha.

— Caramba — Vinnie disse. — Me diga como se sente.

Entreguei o roupão a ele.

Vinnie o vestiu e pegou uma cerveja na geladeira.

– Aposto que o incêndio foi de propósito.

– Sem dúvida.

– Drager vai ficar furioso. Alguém já ligou pra ele? Acha que eu deveria ligar?

Fiquei sem resposta por um momento, pensando no corpo sem vida de Drager caído no chão de sua sala. E depois na explosão, que deve ter destruído não só todas as provas na Wellington Company, mas também o Drager.

– Imagino que a Rangeman vá entrar em contato com a Wellington – falei. – Acho que não é necessário ligar.

– Me sinto um órfão – Vinnie disse. – Estou sem Lucille e sem meu escritório. Estou até sem minha cueca.

Eu sabia que ele tinha provocado tudo isso, mas mesmo assim fiquei com pena.

– Pegue outra cerveja e vamos ver se tem um filme pra assistir.

Na hora que fui dormir, Vinnie já havia retirado as roupas da secadora e tirado meu roupão. Coloquei o roupão no cesto de roupa suja e disse que ele podia ficar com a calcinha. Acho que ele ficou contente.

Às nove da manhã, Lula, Connie, Vinnie e eu aparecemos no escritório como se ele ainda existisse. Os caminhões de bombeiro, as ambulâncias e os carros de polícia já tinham ido embora, mas ainda havia poças de água suja de fuligem. Três prédios estavam isolados com fita de cena do crime. A livraria de um lado do escritório e a tinturaria a seco do outro não sofreram dano estrutural. Estavam sujas de fumaça e cheias de água, mas permaneceram intactas. O escritório de fianças era uma pilha de escombros queimados.

– Isso não é ridículo? – Lula disse. – Meu sofá foi para o espaço. Onde vou sentar?

— O escritório pode ser reconstruído — Connie disse —, mas perdemos anos de arquivos que nunca conseguiremos recuperar. Telefones, endereços, contratos em aberto. Acabou tudo!

— Já vão tarde — Vinnie resmungou. — Eu estava com dívidas até o pescoço. Podemos começar do zero.

— É — Lula disse. — Podemos comprar um sofá novo. Um daqueles que vibram.

— Olá, Terra chamando — falei. — Queimar o escritório não foi um gesto amigável. Vocês se lembram dos três homens que queriam levar o Vinnie, mas tentaram armar para mim? Eles ainda estão por aí. Provavelmente foram eles que botaram fogo no escritório.

— Só dois deles — Lula acrescentou. — Larry recebeu um tiro no joelho.

— Meu esmalte favorito estava na gaveta da minha mesa — Connie disse. — Vou ter que comprar um novo.

— Isso aqui é muito triste — Lula lamentou. — Não sei para onde ir. Ainda tenho um emprego?

— Vou ligar para a Wellington Company — Connie disse. — Hoje é sábado, mas deve ter alguém trabalhando. Tenho certeza de que eles irão simplesmente transferir os negócios para outro local.

Esperamos, enquanto Connie digitava o número, e aguardava completar a ligação.

— Não está funcionando — Connie informou um minuto depois.

— Qual o problema? — Lula perguntou.

— É o único número que tenho — Connie disse. — Não tenho nenhum número de celular. Talvez devêssemos ir até o centro e ver se alguém está trabalhando. Se eu fosse Drager, estaria na minha mesa agora de manhã.

— Eu dirijo — concluí.

Eu sabia que Drager não estaria em sua mesa, mas não queria compartilhar a informação e ter que explicar minha invasão com

Ranger. Se levasse todo mundo para o centro, eles mesmos veriam o que acontecera. Sem contar que eu não tinha ideia do que mais deveria fazer. Eu me sentia flutuando sem rumo no espaço. Todos entraram no meu SUV e eu peguei a Hamilton em direção à Broad.

— Sabe o que deveríamos fazer? — Lula disse. — Abrir nossa própria agência de contratos de fianças. Poderíamos dar o nome de Agência de Contratos de Fianças Linda e Grande.

— Você precisa de um capital inicial — Vinnie disse. — Dinheiro para alugar um escritório. Depósitos de segurança. Dinheiro em caixa para o aluguel. Teríamos que comprar computadores e softwares, armários de arquivos, grampeadores.

— Podíamos conseguir um empréstimo — Lula disse. — Quem tem crédito?

— Eu não — respondi. — Estou com o aluguel um mês atrasado. Não consigo empréstimo nem para comprar um carro novo.

— Nem eu — Vinnie disse. — Não tenho crédito nem com meu agente de apostas.

— Caramba! — Lula disse. — Esse é o maior eufemismo do ano! Seu agente quer é matar você.

— Eu poderia recorrer à minha família — Connie disse.

Todos nós rejeitamos essa ideia. Se pegássemos dinheiro emprestado da família da Connie, trabalharíamos para a máfia.

— E você? — Vinnie perguntou a Lula.

— Estou economizando — Lula respondeu. — Andei exagerando um pouco. Estou com medo de alguém vir pegar meus sapatos de volta.

O Meagan Building estava a uma quadra de distância, e meu estômago começou a revirar. Parei no sinal, e era óbvio que o trânsito estava lento mais para a frente. Só havia uma pista aberta. A outra estava fechada. O sinal ficou verde e eu fui até o Meagan Building. Uma fita amarela isolava a calçada. Um carro de bombeiros e o SUV do chefe dos bombeiros estavam estacionados perto do prédio. Havia muitos escombros carbonizados na calçada em frente ao prédio, e quatro caras com capacetes conversavam em pé. Eles estavam na rua, olhando para o alto do Meagan Building. As janelas do quinto andar estavam completamente estilhaçadas. Fuligem preta cobria o exterior dos andares de cima, e os de baixo estavam manchados de sujeira.

– Qual era o andar da Wellington Company? – Lula quis saber.
– O quinto – respondi.
– Acho que sabemos por que ninguém atende o telefone – ela comentou.

Connie olhou através do vidro.
– Alguém esteve realmente ocupado essa noite.
– Isso é loucura – Vinnie disse. – Até a máfia sabe que não se deve explodir dois lugares de negócios na mesma noite. Quem deve estar fazendo isso?
– Não sei – Lula disse –, mas preciso de frango. Preciso de donuts. E de um daqueles muffins de café da manhã cheios de gordura com presunto, ovos e tudo mais.

VINTE E SEIS

Parei em três drive-throughs diferentes, e quando voltamos para o escritório, estávamos todos enjoados, não só pela reviravolta louca que nossas vidas tiveram, mas também por causa da comida que engolimos pelo caminho.
– Não estou me sentindo muito bem – Lula disse. – Acho que comi um ovo podre. Preciso de um remédio de estômago.
– Sabe do que eu preciso? – Vinnie disse. – Da Lucille. Sei que isso é idiota, mas sinto falta dela. Nunca pensei que diria isso. Ela era um pé no saco. Como é que uma pessoa pode sentir falta de alguém que é um pé no saco?
– Meu ex-marido era um pé no saco – Connie disse. – E eu não sinto falta nenhuma dele.
– Idem – falei.
Meu casamento durou cerca de quinze minutos. Peguei meu ex-marido pelado na mesa de jantar com Joyce Barnhardt montada nele como se estivesse na Kentucky Derby rumo à linha de chegada.
– Seu problema é que você é um babaca – Lula disse para Vinnie. – Você tem todos os sentimentos normais. Tipo, você ama Lucille. Mas não consegue deixar de ser babaca. Quero dizer, que tipo de homem tem um relacionamento romântico com um pato?
– Não sei – Vinnie disse. – Parecia uma boa ideia na hora.
– Viu? – Lula disse. – É sempre uma boa ideia na hora. Mas você não liga os pontos entre a boa e a má ideia depois. Não tem noção das consequências. Aprendi isso tudo na minha aula de comportamento anormal na faculdade comunitária.

– Eu não sabia que você tinha frequentado a faculdade – Vinnie comentou.

– Claro que não sabia, levando em conta que você não escuta. Você não é um bom ouvinte como eu. Você seria uma pessoa melhor se fosse um bom ouvinte.

– Eu ouviria mais se você falasse menos – Vinnie disse.

– Hum – Lula disse. – Imbecil.

A fita da cena do crime tinha sido esticada em barricadas de madeira colocadas perto do que costumava ser o escritório de fianças. Ainda dava para andar na calçada, e ainda havia estacionamento na rua. O Firebird da Lula estava no meio-fio, junto com o carro da Connie e o Ônibus do Amor. Mooner e os Hobbits estavam na calçada, olhando para os escombros.

Estacionei em frente ao Firebird e andei até Mooner.

– Cara – Mooner disse. – Alguém andou fumando na cama.

– É – falei. – Não sobrou muita coisa do escritório de fianças.

– Que pena – Mooner lamentou. – Eu já ia usar a tomada. Os Hobbits precisam de energia para o computador.

– Tenho que atualizar o meu blog – um dos Hobbits disse. – Tenho que entrar no Twitter.

– Bungo Goodchild – um Hobbit mais velho disse –, onde estão suas boas maneiras? Apresente-nos a essa criatura adorável.

Mooner apontou para o Hobbit velho.

– Este é Oldbuck of Buckland. Ele é, tipo, o cara mais velho, mas é legal. O carinha em pé do lado dele é Poppy Proudfoot. Depois vem Fredoc Broadbeam. É meio que autoexplicativo. Twofoot of Nobottle. Fauxfrodo. E Chicaribbit.

– São muitos Hobbits – Lula disse.

– Nem me diga – Mooner respondeu. – É como se eu precisasse de paredes de borracha no velho ônibus. E não consigo fazer brownies rápido o suficiente para esses caras. Eles realmente amam os brownies.

Todos os Hobbits usavam uma mistura de roupa surrada-chique de Hobbit e calçados variados. Capas marrons com capuz, coletes verdes ou marrons em cima das túnicas. Calças capri com uma variedade de cintos que ia de corda a lagarto. Chicaribbit era uma Hobbit mulher, e sua bolsa combinava com os tênis Converse rosa. Fredoc Broadbeam era tão largo quanto alto. Twofoot of Nobottle era alto, desengonçado, cabelo cor de areia e uma barba irregular. Fauxfrodo tinha 19 ou 20 anos e era coberto de tatuagens e piercings. E Poppy Proudfoot era o mais novo. Eu imaginava que ele devia ter uns 17 ou 18 anos.

– Por quanto tempo os Hobbits vão ficar com você? – perguntei a Mooner.

– Uma semana. A Hobbit Con começa hoje, mas só começa pra valer na terça, quando o The High Holy One anuncia o evento oficialmente em sessão.

– Preciso carregar meu celular – Poppy disse. – Minha mãe vai enlouquecer se não conseguir falar comigo.

– Eu também – Oldbuck disse. – Minha esposa vai pensar que eu estou fazendo besteira se não atender o celular.

– Vocês podem carregar na minha casa – falei.

Que se dane, eu não tinha nada melhor para fazer.

– Vocês ouviram isso? – Mooner disse para os Hobbits. – Temos energia! Ysellyra Thorney vai deixar todo mundo usar a tomada.

– Três vivas para Ysellyra – Broadbeam disse.

– Hobbit viva! – todos eles gritaram. – Viva! Viva!

– Vamos fazer de novo! – Poppy disse.

– Não precisa – falei. – Entrem no ônibus e me sigam.

– Cara, os Hobbits sabem como se divertir – Lula disse. – Não precisa muito para deixá-los felizes.

Dirigi pela cidade com o Ônibus do Amor na minha cola. Estacionei no meu prédio e todos entraram no elevador. Twofoot, Poppy, Broadbeam, Oldbuck, Fauxfrodo, Chicaribbit, Mooner, Vinnie e eu.

— Há muitos Hobbits neste elevador — Vinnie disse. — Alguém sabe o limite de peso?

Mooner apertou o botão do segundo andar e o elevador chiou, estremeceu e subiu lentamente.

— Chegamos — Mooner disse.

— Hobbit viva! — todos gritaram. — Viva! Viva!

— Isso não vai demorar, não é? — Vinnie disse. — Eles só vão usar a tomada, certo? Tipo, por uma hora e depois vão embora?

Abri a porta e os Hobbits correram para dentro. Colocaram seus celulares e notebooks nas tomadas do apartamento inteiro. Usaram o banheiro, testaram o sofá, ligaram a televisão, mexeram com o Rex, abriram minha geladeira e meus armários da cozinha.

Encontrei um canto relativamente quieto e liguei para Ranger.

— Que barulho é esse? — Ranger perguntou. — Parece que você está dando uma festa.

— São Hobbits — eu disse. — Eles estão usando a minha eletricidade. Vi o Meagan Building hoje de manhã. Estava muito danificado. Vai precisar ser demolido?

— Não sei. Estão verificando a estrutura. O escritório de fianças queimou como se fosse papelão. Dez minutos depois de você ter ido embora, o telhado caiu. Quem quer que tenha ateado o fogo, deve ter usado uma boa quantidade de catalisador.

— Acha que é o fim de tudo?

— Se Bluttovich destruiu os dois escritórios para cobrir seus rastros, ele vai parar por aqui. Se isso se tornou uma vingança pessoal contra o Vinnie, provavelmente ainda não acabou.

— Difícil de acreditar que ele está tão importante para o Bluttovich. Ele nem conhece o Vinnie.

— Pelo que eu posso dizer, Bluttovich é maníaco pelo poder. Se achar que o Vinnie é uma ameaça, vai dar um fim nele.

— O que fazemos agora?

— Tenho alguns homens trabalhando nisso. Entro em contato com você em algumas horas.

Desliguei o telefone e fui para a cozinha tomar um refrigerante. Mooner estava observando o Rex. Todos os outros estavam em frente à televisão, menos o Vinnie.

– Onde está o Vinnie? – perguntei a Mooner.

– No banheiro.

A campainha tocou e Mooner atendeu.

Olhei da cozinha e vi dois caras.

– Vincent Plum? – um deles perguntou.

– Não, cara – Mooner disse. – Sou, tipo, o Mooner Man. Sou Bungo.

– Putz! – o cara disse. – Ele está chapado.

– Ele tem a altura certa. Cabelo castanho. Corpo magro de uma doninha – o outro cara disse. – Acerte-o.

Vi o braço do cara se estender com uma arma e corri até Mooner. Alcancei a porta assim que Mooner caiu e fui atingida também.

Na hora em que meu cérebro desembaralhou, eu estava de mãos e pés atados e com uma fita adesiva na boca. Eu rolava pelo chão de uma van, batendo em Mooner, que também estava amarrado e com a boca tampada. Era um furgão com as laterais fechadas e duas portas traseiras com janelas pequenas. O motorista e seu parceiro estavam na frente. Eu não queria estar lá. Eu só consegui ver o céu pelas janelas. Um poste de luz aceso. Uma árvore. Não dava para saber aonde estávamos indo. O motorista e seu parceiro não conversavam.

O furgão saiu de uma pista lisa para uma esburacada, virou em uma esquina e voltou para a pista lisa. O veículo parou e as portas de trás se abriram. Mo e Eugene olharam para Mooner e eu.

– Que porcaria é essa? – Mo perguntou.

O motorista apareceu.

— O que você quer dizer com isso? É Vincent Plum e uma garota. Ela ficou no caminho, então pegamos também. Pode ser a nossa diversão.

— Esse não é Vincent Plum, seu imbecil.

— Como você sabe? Já viu Vincent Plum alguma vez?

— Eu vi quando ele enfiou a cabeça pela porta do escritório. Nós o seguimos, ele e a garota do escritório de fianças, até o apartamento. Foi assim que ficamos sabendo onde achar os dois. Nós teríamos pego ele lá, mas Larry estava chorando e sangrando.

Eugene se juntou ao grupo e olhou para mim e para Mooner.

— Que merda é essa?

— Isso mesmo — Mo disse.

— Pegamos o cara errado — o motorista informou.

— Está de sacanagem — Eugene disse.

— Como é que eu ia saber? Ele tem a mesma altura, tem o cabelo castanho e parece uma doninha.

— Gregor vai ficar irritado — Eugene concluiu. — Já ligamos pra ele e avisamos que estávamos com o Vinnie. Ele está vindo pessoalmente arrancar as bolas dele.

— Ligue pra ele e diga que cometemos um erro — o motorista disse.

— Você é o quê, maluco? — Eugene disse. — Lembra o que aconteceu com o Ziggy quando ele trouxe o milk-shake errado para o Gregor?

— Lembro — o motorista respondeu. — Gregor acertou a cabeça dele com um martelo, e agora Ziggy cai quando vai mijar.

— Tenho uma ideia — Eugene disse. — Por que não enchemos o furgão de gasolina, colocamos fogo nele e jogamos de cima de um penhasco? Então falamos para o Gregor que houve um problema no acelerador, o carro ficou fora de controle e bateu, e todos nós saímos a tempo, mas não conseguimos tirar o Vincent.

— Isso pode dar certo — Mo concordou.

— Um momento — o motorista disse. — Não temos que fazer tantos planos. O Gregor já viu Vincent Plum alguma vez?

– Não que eu saiba – Eugene disse.
– Então, qual o problema? – o motorista perguntou. – Nós dizemos que esse é o Vincent Plum. Assim, o Gregor corta fora as bolas de alguém e não fica desapontado por ter vindo até aqui.
– É, mas esse cara aqui vai dizer para o Gregor que ele não é o Plum – Mo disse.
O motorista deu de ombros.
– Vamos deixar a fita na boca dele.
– O Gregor não vai gostar disso – Eugene reclamou. – Ele gosta quando as pessoas gritam e imploram.
– Então a gente espera o Gregor começar a torturá-lo – o motorista disse. – Aí tiramos a fita quando ele estiver gritando.
Todo mundo parou para pensar por um instante.
– Pode dar certo – Mo disse.
Eugene concordou.
– Tudo bem, então temos um plano – Eugene assentiu. – Vamos carregar esses dois para dentro da casa. Colocamos eles na torre. Quando o Gregor chegar, levamos esse cara para a cozinha, porque tem um piso de cerâmica e é mais fácil de limpar. E guardamos a garota para a gente mais tarde.
– Mmmmmmmmmm – Mooner disse.
– Não se preocupe – Eugene falou para Mooner. – Só dói no começo, depois você desmaia.
Fui arrastada para fora do furgão e Mo me colocou sobre os ombros como se eu fosse um saco de areia. Foi a primeira oportunidade que tive de ver a casa e os arredores. Tinha um grande gramado em volta da casa. Depois do gramado, havia árvores grandes. Um caminho longo e cimentado levava até a casa. A casa em si não podia ser chamada de casa. Era mais uma fortaleza. Enorme e assustadoramente feita de pedra cinza. Desafiava qualquer tentativa de descrição. Havia uma torre com torreões igual a um castelo medieval. Se eu fosse imaginar a casa de um mafioso búlgaro maluco, essa seria perfeita.

VINTE E SETE

Nós dois fomos carregados para dentro, e levados para cima, na sala da torre. As amarras de nossos tornozelos foram retiradas, mas deixaram as dos pulsos. A fita foi arrancada de nossas bocas.
– Gregor vai demorar um pouco – Eugene disse. – Então, fiquem à vontade. – Ele saiu e trancou a porta.
– Eu gosto das minhas bolas – Mooner disse. – Eu não quero ficar sem elas. Eu ficaria, tipo, aleijado.
– Não se preocupe – falei. – Seremos resgatados.
– Você acha?
– Com certeza. – A verdade é que eu não tinha muita fé no resgate. O tempo era muito curto. Ranger era bom, mas isso iria exigir um milagre. Olhei em volta na torre. Nada de interessante. Chão de pedra. Paredes de pedra circular com janelas estreitas sem vidraça. Uma porta de madeira tão espessa que nem se mexeu quando chutei.
Fui para uma janela e olhei para fora. A casa ficava em uma montanha cercada por florestas. Dava para ver o rio Delaware ao longe. Eu tinha quase certeza de que estava na Pensilvânia. Andei pela torre por uma hora, queimando energia de tanto nervosismo. Mooner estava quieto, sentado no chão, cantando baixinho.
– Ohmm moon – ele disse, com os olhos fechados. – Ohmm moon.
Outra hora se passou e eu vi um carro entrar no pátio. Era um Lincoln Town grande e preto. Parou em frente à casa e o motorista saiu. Um homem forte, cabelo escuro mesclado de cinza. De onde eu estava, não dava para ver bem o rosto dele. Eu suspeitava

que fosse Gregor Bluttovich. Mooner ainda estava conversando com seu eu interior. Eu não queria perturbá-lo. Acho que estava conformado com o fato de perder as bolas, mas acredito que não tinha percebido que depois disso iria morrer.

Depois de alguns minutos, escutamos vozes altas nas escadas, acompanhadas por pisadas fortes. A porta da torre escancarou-se, tirando Mooner do seu estado contemplativo, me enchendo de medo novamente. Eugene e Mo entraram, e o homem que tinha chegado no Lincoln subiu as escadas atrás deles.

– Nós teríamos levado os dois lá pra baixo – Eugene disse ao homem.

– Cale a boca, seu idiota – o homem disse. – Não sou inválido. Sou um touro búlgaro.

O touro búlgaro entrou na torre, e ele parecia mais um touro tendo um derrame. Seu rosto estava roxo, e ele suava e respirava pesado. Tinha perto de 1,80m e pesava cerca de 100 quilos. Seus olhos eram pretos dilatados e brilhavam no rosto febril. A mandíbula balançava quando ele falava. Tinha dentes pequenos, quadrados e amarelos atrás de lábios carnudos protuberantes. Usava uma camisa branca, aberta no pescoço, exibindo um pouco dos pelos do peito grisalhos.

– Então – ele disse, olhando para Mooner com seus olhos malvados e pequenos de porco. – O que você tem a dizer em sua defesa?

– Cara – Mooner disse.

O touro búlgaro se inclinou e chegou tão perto de Mooner que seus narizes quase se tocaram.

– Você sabe quem eu sou? – ele gritou para Mooner. – Sou Gregor Bluttovich. O homem que você trapaceou. – E antes que Mooner pudesse dizer alguma coisa, Bluttovich deu um tapa no lado da cabeça dele e o derrubou.

– Esse não é o Vinnie – contestei.

Eugene e Mo respiraram fundo e congelaram.

Bluttovich virou-se para mim.

— Quem é essa?
— Ela estava com ele — Eugene disse. — Pensamos que você gostaria dela.
— Eles estão mentindo — retruquei. — Eles pegaram o cara errado e vão me guardar pra eles.
Bluttovich olhou para Eugene e Mo.
— É verdade?
— Ela está tentando arrumar confusão — Eugene disse.
Bluttovich grunhiu.
— Então eu vou arrumar confusão para ela. — Ele se virou e foi até a porta. — Estou com fome — ele disse. — Quero alguma coisa para comer e depois vou resolver o caso desses dois.

Bluttovich desceu as escadas e Eugene e Mo foram atrás dele, trancando a porta. Mooner ainda estava caído no chão, uma gota de sangue saindo de um corte na boca.
— Você está bem? — perguntei.
— Ele é um cara assustador — Mooner disse.

Voltei para a janela, desesperada para ver um carro da Rangeman no pátio. Eu estava esperando o momento em que Bluttovich iria terminar de comer e o verdadeiro terror iria começar. Eu olhava com tanta intensidade e querendo tanto enxergar uma ajuda, que quase perdi os movimentos na floresta à direita. Não havia vento, mas algo estava movimentando o lugar. Um animal, pensei. E depois mais movimento a alguns metros de distância. E então, a floresta estava cheia de Hobbits. Eles estavam em todo lugar, saindo do meio da floresta, indo para a grama, avançando para a fortaleza. Corri pelo cômodo, olhando por todas as janelas, e para onde quer que eu olhasse, via Hobbits. Havia milhares deles.
— Hobbits! — gritei para Mooner. — Levante! Temos Hobbits lá fora!

Mooner ficou de pé e nós olhamos para os Hobbits. Eles estavam correndo agora, agitando tacos de golfe, bastões de baseball e raquetes de tênis.

– Peguem os Orcs! – eles gritavam, guiados por Vinnie e Chicaribbit. – Acabem com os Orcs malvados!

Vinnie estava com suas roupas de Hobbit, atravessando o gramado correndo, a capa voando, levantando o braço.

Mooner gritou para eles da torre.

– Vão, Hobbits!

Os Hobbits olharam para Mooner e vibraram.

– Hobbit Ho! – gritaram e entraram na casa como Hobbit SWAT. Eles se lançaram pelas janelas e pelas portas.

Uma enxurrada de carros pretos e um Firebird vermelho entraram voando no pátio, e uma motocicleta chegou fazendo barulho. Ranger saiu do primeiro carro. Morelli o seguia. Eles entraram pela porta da frente. Homens com jaquetas do FBI saíram de seus carros. Carros da polícia local chegaram e estacionaram na grama.

Ouvi passos nas escadas que davam para a torre, e Mooner e eu nos pressionamos contra a parede, rezando para não ser Bluttovich. A porta se abriu e Chicaribbit disparou para dentro da torre. Ela foi direto para Mooner, jogou os braços em volta dele e o beijou.

– Eu estava tão preocupada, Bungo Goodchild – ela disse.

Mooner sorriu.

– Tudo bem – ele disse. – E ainda tenho as minhas bolas.

Ranger foi o próximo a passar pela porta, seguido por vinte ou trinta Hobbits, que rodopiavam em volta de Mooner e olhavam pela janela, comentando sobre a floresta e como ela daria um ótimo condado.

Ranger cortou as algemas de plástico dos meus pulsos.

– Você está bem? – perguntou.

Assenti com a cabeça.

– Estou. Como você nos encontrou tão rápido?

– Vinnie e os Hobbits foram para o estacionamento logo que o furgão levou você e o Mooner. O Vinnie estava com a sua bolsa, então conseguiram seguir o furgão de dentro do Mercedes.

– O que o Vinnie estava fazendo com a minha bolsa?

– Ele pensou que você tivesse uma arma lá dentro. E você realmente tinha, mas acontece que havia algo muito melhor. A chave do carro e um celular.

– E o Vinnie ligou para você.

– Foi. E eu liguei para o Morelli, e ele fez o serviço de policial. Afinal, foi fácil organizar. Os federais estavam seguindo Bluttovich havia meses.

– Quem ligou para os Hobbits?

– Os Hobbits mesmo. Eles estavam incontroláveis. O medo era que eles invadissem a casa antes que Bluttovich chegasse e a polícia não fosse conseguir acusá-lo de nada. – Ranger sorriu. – A verdade é que os Hobbits salvaram o dia. Eles pegaram Bluttovich de surpresa e ninguém se feriu.

Lula e Connie apareceram na porta.

– Ataque cardíaco – Lula disse. – Estou tendo um ataque cardíaco. Quantos degraus têm nessa escada? Preciso de espaço. Preciso de ar. – Ela me viu, me pegou e me abraçou. – Connie e eu estávamos tão preocupadas com você.

Connie juntou-se ao abraço.

– Acabou – disse. – Eles pegaram todos os Orcs.

– Mantivemos contato com Vinnie e com os Hobbits desde o começo – Lula disse. – Então sabemos tudo sobre os Orcs.

– Eles são os inimigos dos Hobbits – Connie disse.

– Quero ver Bluttovich – pedi a Ranger.

– Gata – Ranger disse.

– Quem é Bluttovich? – Connie quis saber.

– Ele é o cara malvado – falei. – O que causou todas as mortes e destruições.

– Estou dentro – Lula disse. – Quero vê-lo também.

Encontramos Bluttovich na cozinha. Ele estava algemado com Mo, Eugene, o motorista e o outro cara que ajudou a me raptar. Até com algemas, Bluttovich era aterrorizante, exalando raiva como um gás tóxico.

— Você! – ele disse, fixando os olhos de maluco em mim.
Não disse nada a Bluttovich. Não precisava. Só queria vê-lo algemado e saber que eu estava no poder. Eu me sentia bem.
Lula estava atrás de mim.
— Que galo é esse na sua testa? – ela perguntou a Bluttovich. – Está tão grande quanto uma bola de baseball.
Bluttovich olhou para Lula e rosnou.
— Credo – Lula disse a Bluttovich. – Qual é o seu problema? Onde estão os seus modos?
— Algum cara de capa chamou-o de Orc e acertou ele com uma garrafa – Eugene disse. – Estávamos sentados à mesa, comendo sanduíches e então todos esses Hobbits invadiram a casa e esse Hobbit correu até o Gregor com uma garrafa vermelha de cerveja e o acertou na cabeça. Então o Hobbit beijou a garrafa e disse que ela era preciosa. Se não fosse impossível, eu poderia jurar que aquele Hobbit parecia com o Vincent Plum.
Morelli estava do outro lado do cômodo, falando com três homens com jaquetas do FBI. Todos eles tinham blocos na mão, e tomavam nota. Morelli falava com eles, mas olhava para mim. Nossos olhos se encontraram e se fixaram por um momento, e ele sorriu.

Deixei a fortaleza de pedra cinza com Lula, Connie e Vinnie.
— Você acertou Bluttovich com minha garrafa da sorte, não foi? – perguntei a Vinnie quando Lula entrou na River Road.
— É – confirmou Vinnie. – Foi lindo. Nós pegamos todos de calça arriada. Vi Bluttovich na mesa e tudo se encaixou. Eu o tinha visto na casa do Sunflower, no dia do incêndio. Podia ter atirado nele. Eu estava com a sua arma, mas sabia que os policiais estavam logo atrás da gente, então bati na cara dele com a garrafa.
— Então, no final das contas, era uma garrafa da sorte – disse Lula.

— Não é uma garrafa da sorte — Vinnie retrucou. — É a garrafa do Sorty. Falei com a minha mãe hoje de manhã e ela disse que não tinha segredo nenhum sobre a garrafa. Sorty era o porquinho-da-índia do Pip. As cinzas dele estão na garrafa. Pip deixou a garrafa para Stephanie porque ela tem um hamster. Acho que ele pensou que havia uma ligação entre os roedores.

Eu me virei e olhei para Vinnie.

— Eu estive carregando cinzas de um porquinho-da-índia por todo esse tempo?

— É — confirmou Vinnie. — Não é uma reviravolta?

— Eu não queria mudar de assunto — Lula disse. — Mas não temos mais nenhuma agência de fianças. O que iremos fazer todos os dias?

— E eu não tenho a Lucille — Vinnie disse.

— Aposto que eu consigo ajudar nisso — Lula disse. — Maureen Brown e eu ainda somos amigas. Vamos supor que eu consiga que ela fale com o Harry e diga que foi tudo um engano e que ela não estava fazendo sexo com você. Tipo, poderíamos dizer que o irmão dela estava sendo afiançado e que vocês a estavam alertando.

— Você acha que o Harry iria acreditar? — Vinnie perguntou.

— Como estudante da natureza humana, aprendi que as pessoas acreditam no que querem acreditar — Lula disse. — De qualquer forma, se conseguirmos juntar você e Lucille, e Harry não quiser mais matar você, talvez possamos trazê-lo de volta para os negócios de contratos de fianças. E se isso acontecer, vou querer um sofá que vibra.

— Está certo — Vinnie disse.

O carro da Connie estava estacionado no escritório de fianças demolido. Lula a deixou primeiro. Vinnie e eu fomos os próximos. Lula nos deixou em meu estacionamento. Mooner e Chicaribbit e um bando de Hobbits estavam logo atrás de nós no meu Mercedes.

— Ei, caras — Mooner disse para mim e para Vinnie. — Festa hoje à noite no Ônibus do Amor.

Nós dois recusamos, e Mooner transferiu os Hobbits para o trailer e foi embora.

– Se eu pudesse pegar o Mercedes emprestado, iria tentar falar com a Lucille – Vinnie disse. – Talvez ela tenha se acalmado. Talvez também sinta a minha falta.

Dei a ele a chave.

– Boa sorte.

Entrei no meu apartamento e ouvi o silêncio. Nada de Hobbits. Nada de Vinnie. Apenas Rex e o suave barulhinho da roda girando. Tirei a garrafa do Sorty da bolsa e coloquei no balcão, perto da gaiola do Rex. Fiz um sanduíche de manteiga de amendoim e o engoli com minha última cerveja.

Ainda estava na cozinha quando Ranger ligou.

– Só queria checar se você está em casa e segura – ele disse.

– Estou bem. E você?

– Bem. Entramos na casa de Bluttovich e encontramos drogas e objetos roubados, o suficiente para que ele fique preso por um bom tempo. E os federais confiscaram os arquivos e o computador dele. Tenho certeza de que irão encontrar mais provas contra ele. E sua gangue vai falar. Aqueles caras não são heróis, e não gostam de Bluttovich. Vou sair do país por algumas semanas. Tank vai vigiar você, e eu estarei sempre no celular. Nos falaremos quando eu voltar. Você está me devendo. – E desligou.

Tomei um banho e estava prestes a secar o cabelo quando a campainha tocou. Eu me enrolei em uma toalha de banho, fui até a porta e olhei pelo olho mágico. Morelli.

– O que foi? – perguntei, deixando a porta parcialmente aberta.

– Posso entrar?

– Não estou vestida.

Morelli entrou e trancou a porta atrás dele.

– Isso é perfeito – ele disse –, porque eu tenho algo para você vestir. – E balançou uma calcinha fio dental rosa de lacinho. – Parei no shopping a caminho de casa. Achei que você ficaria linda nela.

Este livro foi composto em Elegant Garamond
no corpo 11,5 sobre 14,5 para a Editora Rocco Ltda.